Torch of Love
愛如一炬之火

李惠綿◎著

目錄

Contents

卷三 野鴿的春天——朋友篇

卷四 福氣寶寶——學生篇

名家推薦

寄惠綿

齊邦媛

惠綿要出新書了，新書必有新境，她已經進入了自己尚未全然察覺的歡愉之境了。

行、止、坐、臥，仍是處處危機，充滿了挑戰，但是她以天生的智慧與堅持，由匍匐到站立，已在學術的石階上站穩，她的手裡高舉著自己的一炬之火了。在她火炬照亮的一些幽深角落，有許多人重振勇氣，找到一生美好的道路；她適時的安慰勸勉，勝過別人的十倍鼓勵。這把萬年不滅的火炬，由我的導師引來，傳到惠綿，竟回身照亮了我，償平生大願，寫《巨流河》，長跑四年的霜雪之途！

在此書中雖可看出惠綿隱隱約約有對美好事物無常的焦慮——親人的聚散，朋友義道之常存——但是她也有足夠的智慧自我安頓。人生的種種無常如行路難，只因「行路難，不在山，不在水，只在人情反覆間」，必須像她的好友碧惠所言，人間凡事，如朋友的義道，是一種自我期許，不求回報的；人生的無常，如四季循環，都是自然的。

全書以學生篇「福氣寶寶」壓卷，不僅是寫教育生涯的點滴，也是寫她滿心的歡愉。人世間種種因緣所成就的經驗與際遇，無論是個人念力或耐力，皆非憑空而來；大多是以她自己的缺憾發揮了人性的良善與關懷，而後在這些青年人身上看到傳承。莘莘學子以不同的方式為她所做的一切，固然讓她心中充滿感恩，但實際上也是她生命意願的延長。

寫於二〇一〇年一月十八日

忘形運命順人天

曾永義

記得二〇〇〇年初，亞細亞出版社為惠綿舉辦《用手走路的人》新書發表會，特別請我這位指導教授開場說幾句話。會場擠滿人，我卻很嚴肅的說：「希望這樣的書名，惠綿最後一次使用。在我心目中，她一點都不形殘，她教書最受歡迎，做事最認真完好，論文備受兩岸學者肯定。她比任何手足正常的人還俐落，她能於齋中坐忘，那會顧及軀體不全而自哀自憐！」

我說完話就趕著去上課，根本不理會惠綿的感受和場上的反應。

惠綿自從跟我治戲曲學以來，我就這般嚴酷的對待她。她可以在師母面前絮絮叨叨、哭哭啼啼，但絕不能讓我知道有一絲的軟弱氣餒。否則，我準會呵叱：「退避找藉口，會是我的徒兒嗎？」然後重重的摔下電話。

惠綿染患嚴重的小兒痲痹症，苦難纏身，生活上的諸多不便，不是常人所能想像。她幼小時雖用手走路，但國中後她使自己站起來。在趙國瑞老師呵護下，考上高中，考上大學，而碩士班，而以榜首進入台大中研所博士班，而一九九四年她以最高票留系任教。則惠綿又豈是常人所能望其項背。就因為惠綿是「非常人」，所以二十幾年來，我對她亦師亦父，就以非常人來磨練她。

人生很複雜，光「自我」就有五個不同的類型，那就是形骸我、知慧我、德性我、空靈我、趣味我。

所謂「形骸我」就是拘泥五官四體所構成的那個形骸才是「真我」；所謂「知慧我」就是執著「真我」之所以體現，乃因為具有可以分辨的知慧；所謂「德性我」就是以為人為萬物之靈，乃因為天生有善良的德性，此善良之德性實為「真我」；所謂「空靈我」就是看透人生本然無一物，「真我」之體現，乃因為心性的空靈；所謂「趣味我」就是體悟世界其實充滿趣味，那個可以領略宇宙萬物趣味的我才是「真我」。

人世間的「自我」，何止以上五個，因為大千世界，人面不同有如其心。但若據此觀察，則「形骸我」最不足取，因為人一拘泥於形骸，於是生老病死傷害所導致形骸的成毀消長，便對這個「我」產生無限的惆悵和憂懼。而「知慧我」、「德性我」，我愛其積極的美質；「空靈我」，我也愛其清明朗照的境界；而我欲執之以往的則是「趣味我」，因為其間乃真能「民胞物與」，乃真能「博大均衡」，而「知慧」、「德性」、「空靈」的美質亦自在其中。

就因為「形骸我」一無足取，而陷落其中的人最多，何況惠綿幾乎天生形殘。於是乎我要惠綿負責「關漢卿國際學術會議」的論文集出版，勒令她十個月內成書付郵。我同意她在我赴史坦佛大學訪問的暑假期間，帶領學生為我整理長興街三樓宿舍的藏書。我要她陪我到韓國，到北京去參加國際學術會議，她也要發表論文。……還有我不許她為自己找任何藉口。於是她拄著拐杖在台大早上八點鐘的課堂上侃侃而談，學生座無虛席。她關愛學生無微不至，打消了一個學生自殺的念頭。她在北京的崑曲國際研討會上，睛睬四射，使人欽佩其見解，嘆服連珍藏在上海的孤本資料也蒐羅得到。她的論文一篇篇的發表，書一本本的出版，年年都受國科會的肯定。她的臉龐溫潤如三春的陽光。

莊子說：「養志者忘形。」惠綿就是在嚴苛的磨礪之下，培養了極為堅毅的心志，無思無慮於小兒痲痹症的形殘，從而運轉生命行於坦蕩的路途，實現了同於大通的自我。這樣的自我，使她從齊邦媛老師那裏，體悟了「佛曰：愛如一炬之火，萬火引之，其火如故」的真諦。從柯慶明教授那裏領會了「大破大立、與人為善」的「心靈家法」。從何大安教授的「《易經》終於未濟」實踐了「以慎辨物」的立身處世之道。從有如聖人一般的趙國瑞老師身上，享受了長年的「愛在行止坐臥間」。而周遭的師恩親情友情人情成了她生活的豐富內容，也煥發了她生命燦爛的華采。

惠綿在教學研究之餘，喜歡以散文書寫周遭的師恩親情友情人情，她的散文承載著人世間最溫馨感人，最自然真摯，而最多姿多韻的人際境界；惠綿悲天憫人，信守道義的性情襟抱也洋溢其中。她以「愛如一炬之火」作為書名，可見人間無盡的愛，是她要表達的旨趣。她將全書分作四卷，卷一天倫篇、卷二師長篇、卷三朋友篇、卷四學生篇，正是這四種人際關係的全面觀照。她處處流露感恩之情，也令人處處飽含淚水，而這淚水是感同身受的愉悅。她不用濃彩重墨，只是淡淡娓娓的寫來；而其描摹與刻畫，就教人覺得人物情境宛然在眼前。她偶然也流露些學養，引經據典抒發一番，而無不見解明達、感悟深刻。讀了她這樣的《愛如一炬之火》，較諸前作《用手走路的人》，自是不可同日而語。

而我仔細推敲惠綿所以能臻於此的緣故，忽然歸結為一句話，那就是「忘形運命順人天」。因為忘形，她破除了小兒痲痹的障礙；因為運命而不為命所運，她不停的奮鬥向前；因為順天而不逆人，所以物我相得、人人相親。不知惠綿以為然否？而我既是為師的，仍要以此與惠綿共勉。

序於台大長興街宿舍
二〇一〇年元月廿八日晨

火傳也，不知其盡⋯

柯慶明

李惠綿教授經過多年艱困的奮鬥，除了早已是國內舉足輕重的中國戲曲研究學者，更是國立台灣大學實至名歸的「教學傑出教師」。這本文情並茂的散文集，既呈現了她，因自幼罹患小兒痲痺症，困而學之，一路攀登學術高堂的艱辛與恆毅；同時亦展示了她以通識的教學而轉成度化學子的人師，春風化雨的愛心與眼淚。

雖然不少的篇章是來自她為《國語日報》「愉快人間」專欄的撰文，但一方面加以擴充改寫；一方面追記了許多日後的發展，我們就等同於看到了，一個以她的蘭心蕙質之善感與妙悟所捕捉的，悲欣交集，笑淚並濺，完全為人情輝映所充滿的溫馨世界。既可視為絕佳的「自傳」書寫；亦是我們身處其中的時代文化之另一種見證：終究我們是一個由許多奮力向上與充滿愛心的人們所組成的溫暖社會。所以這本書以她習自齊邦媛老師所傳，吳宓先生筆書：「佛曰：愛如一炬之火，萬火引之，其火如故」的「愛如一炬之火」為書名，自是饒有深意。

本書中，由於多年的鑽研浸潤與教學相長，她的識見更加開闊，文筆更加老鍊，其敘事誌人，善能反映個性、表現情意，因而其「言有物」，自足感人；在「言有序」上，則更得韓柳歐蘇等古文大家筆法之妙，簡潔扼要而境界全出，其雋永餘韻，令人低徊；尤其以平生所習古典詩詞，作畫龍點睛的提挈，更有貫通古今之趣。

李惠綿教授，是我與淑香僅有的，夫婦兩人在同一學年同時教導同一班學生之頂尖人物，因而同時與我們夫妻相熟，像「家裡的孩子」。她不但天資聰慧，而且好學深思，雖然行動不便，但持其志不挫其氣，多年來總以為她，正是《老子》所謂：「強行者有志」的典範。我們看著她一路遭遇各種病痛、橫逆，但卻能以感恩之心，領獲各種關愛之情；終至自成「一炬之火」點燃照亮眾多的莘莘學子，令我們既憐惜又慶幸，既欣慰又敬佩。本書亦將如她先前的《用手走路的人》一樣，繼續感動與啓示廣大讀者們……。

在先睹本書，為之先行感動之餘，有兩點感想，要提供給惠綿參考。一是經由本書各篇看來，惠綿似已充分掌握了「有情世間」的種種情味與其間的奧義。但有一個點到為止，溢出的妙趣，既見於〈愛在行止坐臥間〉文中「春之使者」所描述：趙老師「綠手」栽培的陽臺上之「璀璨的花園」，讓她「重拾生機」；亦見於〈夜櫻〉，她和張老師共賞「玉壺光轉，櫻紅滿徑」之際的「悠然神往」。換句話說，就是要多體會玩賞《莊子》所謂：「天地有大美」的智慧，「傳語風光共流轉，暫時相賞莫相達」……，在「不遠」之「處」，隨時掌握另一種「會心」。

另一則是想到《老殘遊記・二編》，討論的「名者，命也」，回首平生看來，或亦可有深義；雖然初生取名之際，父母有何用心，往往不得而知。但就惠綿而言：「惠」字，原有恩慈之意；又因常借作「慧」而有「智慧」之義。而「綿」則自「綿瓜瓞」，早已喻示其滋生蔓延，無窮無盡，所以說：「青青河邊草，綿綿思遠道」。讀了惠綿這本「回首向來蕭瑟處」，「山頭斜照卻相迎」，卻又以「愛」為名的散文集，惟願惠綿常如此書所顯示的境界：

恩慈無盡，智慧無窮；因而，福澤無盡，喜樂無窮……。

是為序。

於台大國青大樓研究室二〇一〇年一月三十日

度化的眼淚（代序）

我有身痛的眼淚、悲傷的眼淚、感動的眼淚、喜極的眼淚，從沒想過還有一種度化的眼淚，來自我的學生小雨。

小雨天資聰穎、善於思辨，大一因緣際會選到我的國文課，閱讀老莊的課堂上，她總有出人意表的想法。大學期間，擔任我的助理，助我良多，畢業後一直保持聯繫。有一次她來看我，見我神情落寞，試探我是否有可以幫忙之處。我說：「這段日子出現新的病症，身體一直挫折我的意志，如果失去活下去的勇氣，誰也幫不了我吧！」她沉吟一會兒，以輕緩的聲調回應：「如果老師真的這樣選擇，那麼您一路走來，所經歷的種種奮鬥與堅強，對於那些您曾經幫助過的人，曾經發生影響力的人，不就一瞬間將他們藉以生存的信念一舉瓦解了？」此時我看到小雨的清淚從兩邊的臉頰滑下，這是我首次看到向來冷靜理性的小雨流淚，這也是我第一次驚覺到生命存在的意義已經不僅止於個人。

我們各自忙碌，期間兩、三年沒有訊息。有一天週末晚上七點左右突然來電話，努力維持平穩的聲調：「老師在忙嗎？我沒地方可去。」我聽得懂二十七八歲的大人沒地方可去的意思，小雨顯然遇到困境前來叩門。我立刻回應：「怎麼會沒地方去？到我這兒坐坐吧！」

那晚，小雨漫無方向零零碎碎說了許多話，直到子夜十二點多，仍然沒有說出根本問題之所在。我非常困倦，沒有催促，凌晨一點鐘離去時，我叮囑：「摩托車慢慢騎，到家一定要打電話報平安，否則我無法安睡。」第二週她又來電話：「老師！我可以再去與您聊聊嗎？」我說：「可以，但要讓我具體知道發生了什麼事？」這一次我勾勒出事件的輪廓，朋友輕忽她的感情，讓她覺得活不下去。敘述過程中她使用的主語是「朋友」，我隱約猜測這位朋友的性別而不明問。我轉移話題追述自己與朋友溝通失敗的經驗，觸及痛處，一直落淚，我哽咽問：「如果是朋友先放棄情義，你不捨又可奈何？小雨，無論多難，都要找回自己感情的尊嚴。你當初選擇走入漩渦，如今也可以選擇跳脫，一定要努力上岸。你曾經勸我豈可一瞬間將他人藉以生存的信念一舉瓦解，而我也一再炫耀你這段動人的心靈語言，你要讓我是神氣的驕傲的，而不是白髮人送黑髮人的哀戚……。」小雨悠悠地說：「原來老師是用自己的眼淚度化我們。」

在寧靜的夜晚，窗前燈下，「度化的眼淚」如神來之筆，如畫外之音。小雨讓我肯定生命「苦難」的意義。此後幾年，我自許用眼淚度化學子，成為堅忍的動力之一，直到二〇〇九年五月另一個學子李佳「誤選誤撞」進入我的教室，改變了我的思維。

大一國文「小說戲劇選讀」的課堂上，我從一齣新編京劇和學生討論追尋生命的「位置」，話及自己總是在夢裡尋找位置的經驗，或在搖搖晃晃的火車廂，或在莊嚴宏偉的戲劇院。一個是年少歲月搭火車南來北往的記憶，一個是生活中最常出入的場所。夢中不是找不到自己的位置，就是與他人座號相同，原以為買了票就無須煩惱自己的位置，沒想到還是得去尋覓借位。夢境似乎是現實生活的投影，我曾經應邀擔任某國立大學碩士論文口試委員，騎著三輪摩托車前往，誰知校警攔阻。他說，你這種車子不可以進入校園。我以為口試委員聘任書或教師證可以代表我的身分和位置……，說到此處濕了眼眶。那天晚上收到李佳一封長長的電子郵件，她這樣寫：

> 我想，正是因為這個世界對你如此嚴苛，所以你更應該愛你自己。……。從你的短髮、堅毅的雙眼、端正的五官、變形的手臂、動過刀的脊椎、萎縮的雙腿、承載著你的輪椅，以及你那顆炙熱而清澈的靈魂，李惠綿是這麼的美，請你好好地擁抱她，微笑地對她說，你受苦了。……當夢中的火車目的地是生命終點，而夢

中戲台上演的戲叫作人生時，那麼不用找了，一定有你的位置。何況你的存在已經不可抹滅，因為你存在於每一個愛你的人心底，那裡有你的位置。

這些扣人心弦的文字，讓我淚水直流。我在那些微不足道的人身上找不到位置，因此耿耿於懷，卻看不見自己在愛我的人心底早已有了位置，李佳直言懇切的勇氣，讓我驚喜。第二週講解莊子「形殘神全」的觀點，我問，覺得自己是「形全神全」的人請舉手，居然寥寥無幾。當晚她又來信：「相對於嘲笑你的人而言，你只是失去了雙腳行走的能力，但那些人所失去的，卻是身為『人』的一顆心。因此只要你願意舉手說你形全神全，你就是，問題在於你有沒有勇氣？」我一直認為能達到形殘神全的境界，就可以給自己掌聲，卻從沒有想過可以高高舉手說「我是形全神全的人」。而今一個十八歲的女孩，給五十歲的我一種理直氣壯的聲勢，李佳莫非是前世的知己，轉世為學生身分前來度化我？後來李佳告訴我，寫信的時候是哭著的。猛然驚覺在大學的殿堂上，不止是我度化他們；這些膽識俱全的莘莘學子，何嘗不是回身過來以眼淚度化我？

師生之間可以彰顯互相度化的意義，乃是因為我們心中有愛！而回首過往一路行來，度化我者還包括家人、師長、朋友，我在圓心，他們在圓上，如四方輻輳，助我畫出一個閃閃發亮的圓，圓圈之內有取之不盡用之不竭的火種，恰似齊邦媛老師轉贈的話語：「佛曰：愛如一炬之火，萬火引之，其火如故。」這個典故出自《佛說四十二章經》第十章〈喜施獲福〉，佛言：「睹人施道，助之歡喜，得福甚大。」沙門問曰：「此福盡乎？」佛言：「譬如一炬之火，數百千人，各以炬來分取，熟食除冥，此炬如故，福亦如之。」這本散文集呈現的就是我與書中真實人物愛的呼喚與交流，我們心中各有火把，互相取暖互相照亮，不曾因給予而減少，甚至是福緣綿綿，因此決定以《愛如一炬之火》為書名。

這本散文大多數為《國語日報》副刊而寫。「愉快人間」專欄始於二〇〇一年三月，停刊於二〇〇八年五月。第一篇〈ㄋㄟ ㄋㄟ補給站〉描寫如師如母的趙老師為我購買新餅乾，幸福洋溢。最後以〈愛在行止坐臥之間〉，再寫師生深厚情緣，為專欄劃下句點。感謝曾師永義開闢專欄，讓我學習用喜樂治療憂傷；《國語日報》提供方塊園地，讓我得以與讀者分享生命中點滴溫馨的世情；而湯芝萱主編在第一線收稿閱讀，給我諸多誠摯的建議與溫暖的回應，她是一位人情濃厚的主編，我們因此成為另類的「以文會友」。

雖然專欄每篇字數受限八百至一千二百字之間，但七年多來已累積了相當的分量，我常常想，這些文章應該可以結集成書吧！只是不知道可以落腳何處？因此當九歌出版社邀稿時，我喜出望外。承蒙蔡文甫社長提攜，《用手走路的人》於二〇〇五年增訂，猶如孤兒再度被收容。九歌出版社在蔡社長的領導之下，對身體不自由的寫作者，有諸多實際具體的鼓勵，遠甚一切表象的口號，凸顯其關懷的視角，超越世俗。而今再度蒙受蔡澤松副社長厚愛，由陳素芳總編輯正式邀約整理文稿，何靜婷副總編輯二度提出具體修改建議，一併致上萬分謝忱。

對我而言，九歌出版社亦如一炬之火，照亮我的文字生命。為了不負賞識，舊稿大多進行潤飾或改寫；即使舊稿並無增刪，如有特殊感悟，也以「後記」增補，例如〈五十九分〉，聲韻學何大安老師看過之後，以《易經》開示，讓我豁然開朗。特別要說明的是卷四學生篇，書寫他們與我當時交會的事件，如今已隔多年，我逐一尋訪他們的去處，遂於各篇加上「後記」，註明日期，再寫其蛻變。我猶如一個園丁，一一回首這些曾經灌溉的花樹，欣然見其茁壯成長。他們或許因為我適時給予一些養分得以轉機，但他們各自的才華與努力，堅執與不棄，讓我更覺可敬可佩，甚至往往回身過來幫助我，成為我精神上的枴杖。

此外，針對舊稿也做了大幅度的整編與創作。首先，將同一個人物或相同事件整合為一篇，增補文字聯絡貫穿，使其首尾完整，例如象徵美麗鄉愁的台南粽子和碗粿，以〈年節的儀式〉概述母親李張彩蓮女士精湛純熟的廚藝及母愛的堅持。以〈夢中的微笑〉特寫父親李錦文先生晚年著迷伴唱機，過年歡聚時點選「媽媽！我想您！」而老淚縱橫。透過生活事件串連〈愛在行止坐臥間〉，呈現趙國瑞老師無微不至的照顧；以〈戲曲領航者〉呈現指導教授曾師永義的栽培提攜；以〈小人物大推手〉描寫協助我改善教學環境的張高雄老師和郭碧娟小姐，尤其是張高雄老師嘉惠台灣數百位身心障礙者，成為實際改善我們生活的大推手。以〈天使搭橋〉串聯台北醫學院三位學生協助我出入家門的義舉善行。以〈空缽〉重現遠赴美國耶魯大學攻讀博士學位的高國傑，千里之外夢見母親捧心呼痛，卻是母親罹患心臟病的真實徵兆。

其次，以原本短篇為基礎擴大書寫為長篇，〈一堂課．一炬火．一世情〉書寫齊邦媛老師對我知重疼惜之情。〈往日崎嶇還記否〉送給悲憫純善的二嫂，她任教小學，實踐自由快樂的教育精神，以及嫁入尋常百姓李家度過的甘苦，都令我為之感念動容；其中提及我的治療師李桂枝老師，為我進行多次的「家族排列」治療，感謝她讓我的心靈脫胎換骨。〈遺世獨立二姑娘〉寫給定居台北的二姊李美琴女士，我在她身上體悟到每個人獨一無二的存在價值。〈野鴿的春天〉寫給相識相知三十年的張碧惠，她像赴湯蹈火、在所不辭的女俠，一路情義相護。

其三，專文書寫生命中兩位很重要的師友，一位是大一文學啟蒙的柯慶明老師，一直視我為柯家的孩子而傳授許多〈心靈家法〉。一位是將近十年來為我調養身心健康的治療師，〈傳奇女醫〉敘述魏可風運用「能量療法」為我療傷止痛的神妙與驚奇，皆是真實。上述重新整編、擴大書寫及專文創作的文章，因為人物的重要性和事件的豐富性，必須有較多文字的鋪排，相較其他篇幅長得多，等同新作，我都刻意標註寫作日期。

另外有兩篇無法納入四卷之內。〈永遠的第一夫人〉描寫蔣夫人宋美齡女士創辦台北振興復健醫學中心，收容一九六〇年代前後的小兒痲痺病童，給予免費的治療與復健，我蒙受恩澤，得以拄杖站立行走，因而拜識趙國瑞老師，改寫一生的命運。蔣夫人以一炬之火的大愛重建數以萬計病童殘破的人生，這篇文章當然要安置在卷首之前。另一篇〈風雨之旅〉體現恩師、朋友、學生三種關係的助力，他們聯手在我的生命劇本編寫嶄新的一頁，放置在卷尾之後，印證「愛如一炬之火」的襟懷可以創造奇蹟。人生因緣，固然有緣起緣滅，但我相信，愛與喜悅永不止息。

傳說南海之外，有鮫人水居，如魚，不廢織績，其眼泣，則能出珠，這是「鮫人泣珠」的神話。我聯想李商隱「滄海月明珠有淚」的詩句，原來詩人擁有珠的光華與堅實並非憑空而來，而是鮫人哭泣的眼淚變化而成。凡塵肉身如我，體悟「他度」、「度人」與「自度」的生命意義中，恰似「照之有餘輝」的月光，也有「攬之不盈手」的眼淚，但願這些度化的眼淚已然凝結成晶瑩剔透的明珠。

李惠綿

寫於坐忘書齋二〇〇九年九月十八日

楔子　永遠的第一夫人

一九六〇年代左右的台灣，小兒痲痹瘋狂大流行，數以萬計病童，因運動神經受損的後遺症，一生形殘。感謝上天，讓我在重度殘疾之餘，猶有健康的雙手可以匍匐而行。

小學六年級，有天放學回家，沉靜內斂的父親喚我前去，臉色凝重：「振興復健醫學中心寄來通知單。台北很遠，妳這麼小，我們非常不忍心，去或不去由妳自己決定。」我毫不猶豫回答：「我要去台北！」父親沉默不語，支持的力量寫在微皺的臉龐，紅了眼眶，這是我第一次看到父親流淚。

事實上，引領我進入振興是諸多因緣的匯合。大姊畢業回到家鄉小學台南縣下營國小，同校李老師的妹妹在振興任教，得知振興醫療團隊巡迴至台南省立醫院招收小兒痲痹病童之訊息，以輕中度殘障而品學兼優者優先入院治療。導師在成績單評語欄上極力讚賞我的文學造詣，大姊請託李老師大力幫忙，母親尋求村裡的醫生強力推薦，我才有機會到省立醫院接受會診。母親背我從鄉下坐公車轉火車，再走一大段路抵達醫院，累得熱汗淋漓。從四年級一直等到六年級上學期，終於收到入院通知。為爭取治療契機，得要這麼多雙推手，人生的劇本究竟是上天主筆？還是人為撰寫？

到了振興，醫生問診後直接宣判我重度殘障，必須終生坐輪椅。我以一種千里長征的氣概，散發炯炯有神的眼光，用非常堅定的語氣立即反駁：「我不要坐輪椅，我要站起來！」感謝這位我不知其名的主治醫師，是他聽到一個小女孩雷霆萬鈞的訴求，為我安排一切醫療。否則我將一生伏地而行，如今亦不能站在講台上傳道授業。振興復健醫學中心的成立，醫療團隊的專業，助我得以發揮自由意志，填寫人生選擇題，扭轉命運。

如果沒有蔣夫人宋美齡女士將關愛的視角放置在一群小兒痲痹病患，展現「人飢己飢、人溺己溺」的大愛，以財力、物力、人力創辦振興，從手術矯正、物理治療、復健訓練、輔助用具等醫療方式，幫助病童重建肢體殘破的人生，我焉能從台南鄉下一個清寒家庭，進入這唯一免費的醫療機構；並以一年的時間，從匍匐於地，進而創造穿著背架支架、拄杖行走的奇蹟？正因接受振興的治療重建，我才能鍛鍊披荊斬棘的工夫，開啟奮學求知的生涯。推而想之，當年數以萬計的病童，而今也都在不同的人生軌道散發光熱吧！

記憶中，振興一年見過蔣夫人數次。每隔一段時日，她總會來探望院中孩童，老師集合我們安坐於「圓中心」。這是振興精心設計的圓形建築，場地寬闊，圓頂高挑，是我們每日三餐及活動遊戲的場所。東西南北四方各有一門，可由不同的門進出。圓外四周教室環繞，圓內設有一張一張收放自如的長桌。夫人沿著長桌，緩步環繞，輕聲細問，笑容可掬。霎時，圓中心光芒萬丈，猶如聖母馬利亞降臨。

每年聖誕，夫人必來共度佳節，晚會節目都由院中兒童表演，聖劇是必備節目。那年聖誕節，在教育組主任趙國瑞老師指導下，搬演聖劇、獻唱聖歌，朗誦趙老師創作的感謝詩篇，我參與演聖劇、唱聖歌。不識愁滋味的年少，竟在日記上寫下這樣的結語：「此後要再與夫人共度聖誕節，已經不可能了。這是我一生的回憶，最難忘的一天。」

不只是一生難忘的回憶，有幸成為趙國瑞老師的學生，更是一生重大的轉捩點。趙老師從日記發現一個怨天尤人的女孩，往後課餘之暇，經常約談在圓中心，進行心理輔導。那兒成為師生二人相對而坐、溝通深談的「圓心」。從此，鬱鬱寡歡的女孩綻露笑語。人生行路，扶持至今，引領我走出自己的生命風景。趙老師再造之恩，也是因夫人輾轉牽引而成。

回首蔣夫人在我生命中引發的作用力，應該說是一種恩典，一種神蹟！夫人幾度蒞臨振興，我不曾有機緣與之握手晤談。對我而言，夫人是只能遠觀的美感距離，是間接而幾乎不存在的關係，可是夫人卻成為直接改寫我命運的推手。

中年之後，歷經世情冷暖，逐漸放下「永恆」的執念，轉而體悟掌握「當下」。李白〈月下獨酌〉詩曰：「醒時同交歡，醉後各自散。永結無情遊，相期邈雲漢。」所謂「無情」並非木石其懷，而是來自莊子：「不以好惡內傷其身，常因自然而不益生也。」一旦安於自然之所授，不作人為的追求，可免因好惡、是非、物我等種種理障而「內傷其身」。能臻於此境者，自能不為人情羈絆而鑿性斧身。正因為詩人李白可以充分品味當下與月影交歡的喜悅，因此無須感慨醉後各自離散的惆悵，這一轉念，才能進入「永結無情遊」的境界。

李白轉用莊子哲學思維於詩境，讓我體悟，原來「永恆」不存在於世間之情，而存在於文學殿堂與藝術天地之中。追懷蔣夫人，感念振興，記憶深處依然是她風華絕代的神韻氣度。猛然驚覺「永恆」竟也存在於近代史上這位遺世獨立、美心善容的絕代佳人。

人，沒有永遠的形體和青春，也沒有永遠的權勢和財富；然而蔣宋美齡女士創造的社會福利與生命事業，是昊天罔極的恩典，成為歷史永恆的女性典範。她展現的大愛猶如一炬之火，是我心中永遠的第一夫人。

卷一

不遲到的提盒便當

天倫篇

日復一日、年復一年按時送到教室的提盒便當，

恰似雙親的愛，永遠不缺席不遲到。

不遲到的提盒便當

我就讀中小學的年代，沒有營養午餐。鄉村小學，居家鄰近者回家用餐，偏遠者攜帶便當。我家距離學校騎腳踏車只需五分鐘，但我都在學校午餐。

每到中午十一點五十五分，母親準時出現在教室門口，她總是站在我視線可瞥見的位置，這對我是一種「安心」。一下課，母親隨即走進教室，將手上提盒放在書桌，然後用摟抱嬰兒的姿勢，在我背後，一手摟住我的前胸，一手托住我的臀部，急步直奔洗手間。那個年代只有蹲式廁所，十歲左右的我，應該頗有重量，不知道是母性潛能或是練就工夫，母親竟能以半蹲的姿勢，將我安穩地摟在懷裡把尿而不弄溼衣褲。

回到教室座椅，母親才開啟提盒，輕聲細語：「趁燒趕緊吃！我要轉去（回家）顧店。」鋁製提盒內有三層，下層裝菜湯，中層盛白飯和蔬菜，上層放煎魚或紅燒肉，分盤放置桌上，熱煙裊裊，香氣四散。三十年後我與小學同窗重逢，他說：「我還記得當年你的提盒便當，都是伯母送來，好羨慕！」我詫異他何以對此事記憶深刻，一問方知他自幼喪母。小學上全天課的年級，不曾用過菜飯混雜的單層便當，也不曾吃過青菜變黃蒸得熟爛的便當。午餐都是母親當天現做的飯菜，雖非山珍海味，卻是新鮮溫熱的家常菜餚。純淨不雜的便當深深影響日後我對飲食美感的追求。

那時母親大約四十歲，清晨五點起床，為就讀國、高中的兄姊做便當，不識字而善用顏色繫帶分辨。料理三餐、操持家務之外，還得經營小雜貨店，清楚記住貨品價目，沒學過加減乘除，論斤稱兩不含糊。很難想像，在忙碌緊湊的時間表中，母親仍能精準計算，每天準時送提盒便當給行動不便的小女兒。

小學畢業，為選擇無障礙環境，遠赴彰化仁愛實驗學校就讀國中。負責伙食的阿姨將食物分配到每個人的自助餐盤，三菜一湯各自區隔，頗像母親分層盛裝的提盒便當。為增進升學聯考的能力，國三毅然決然轉學回鄉，再度享受母親香噴熱騰的午餐。因為國中離家較遠，由父親騎摩托車送來，也是在十二點下課以前抵達。

教室在三樓，沒有廁所，整個上午不能如廁，滴水不喝。父親到教室，先陪到洗手間。我右手緊握扶梯，父親為我穩住左手雙枴，就這樣憑藉左右兩個支撐點，懸空而跳，一階一階，緩緩下樓。洗手間在一樓偏遠處，拄著拐杖需走十五分鐘。下樓容易上樓難，因穿著六公斤背架支架，上身直挺不能俯彎，上樓必須改換倒退跳躍台階的方式。父親扶持上下樓的過程，總是沉默，父女額頭上的汗珠沿著雙鬢滑下，成為彼此無言的淚水……。如今追憶此事，仍然覺得那是一段遙遠的來回路程。回到教室座椅，筋疲力盡，看到提盒便當，如同行軍百里載飢載渴的士兵見到豐盛宴席。行路難的轉學生涯，午餐便當成為支撐求學意志的主要能量與生命甘泉。

母親和父親相繼以接力的方式，守護重殘的女兒完成中小學學業。南台灣的冬天雖然溫暖，也有寒流逼人；夏秋之間，也有颱風侵襲；炎熱暑夏，也有閃電雷雨，正午時分，更是烈日當空。日復一日、年復一年按時送到教室的提盒便當，恰似雙親的愛，永遠不缺席不遲到。

牛奶蛋花憶童年

吸吮母奶的感覺早已模糊不清，但是牛奶加雞蛋的記憶卻烙印心底。勤勞持家的母親每天清早四、五點起床，進廚房起灶生火燒一鍋水，用一個大碗公沖泡牛奶，打一顆雞蛋，熱騰騰端到父親床前。父親喝了一半，剩下半碗端來，輕聲喚醒睡夢中的我，讓我喝完。即使寒冬也得從溫暖的被窩起來，否則大嗓門的母親會從廚房傳來聲響：「綿啊！牛奶冷去了！」透過窗外尚未破曉的天色，朦朧映照純白的奶水之上，漂浮著點點片片鵝黃的蛋花。我睡眼惺忪喝下，只覺心溫胃暖。我的小學童年，是這樣長大的。

誰知長大後，牛奶卻與我無緣。當年急性腸胃炎復原後，喝了一杯熱牛奶，引發腹瀉胃痛，其後長達一年不知飢餓，從此對牛奶咬牙切齒，結怨十五年之久。日前，研究「能量訊息感知法」（簡稱能量療法）的李桂枝老師為我檢測，警告我骨質疏鬆，需要補充牛奶。

我以學術探求真理的態度反問：「骨質疏鬆必須由儀器檢查，為什麼用手指作出O

環，測試肌力，就可以得知？」面對自以為是的讀書人，李老師必須講出一套理論：「萬事萬物都具有其特定形式的能量，當人體中的組織或器官產生功能性或器質性變化時，該部分的能量就會產生異常現象，這種異常能量訊息可經由手指的肌力變化表現出來。」玄妙的手指肌力檢測法，令人將信半疑，索性敷衍一句：「可我就是不能喝牛奶！」李老師像哄小孩似地：「我幫妳檢測奶粉品牌！」在疑惑的語調中，我請求她許我一個承諾：「若是腹瀉，必須保證用能量療法將我治好。」於是要了我的三根頭髮，用她研究發展出的「單人單手」及突破空間障礙「遠距離能量檢測」之法，為我找到合適飲用的奶粉。

趙老師在西藥房買到奶粉，一進門就大聲調侃：「哈哈哈！回來路上我一直抿嘴偷笑，大姑娘喝的竟然是出生到一歲大的專用奶粉！」我以壯士斷腕的心情，當晚立刻沖泡。一陣奶香撲鼻，入喉之後香醇甘甜。那夜，一股熟悉的滋味陪我入夢。

翌日醒來，發現腸胃無戰事，不可思議。坐四望五的我，喝起無乳糖配方的嬰兒奶粉，不得不讚歎能量療法的神奇奧妙。突然在衾枕之間，聞到一股嬰兒的味道，思潮迭宕中，遙想吮吸母奶的情境。霎時，我彷彿蜷縮在鄉下老家大眠床的被窩裡，等待著爹娘喚我起身喝那半碗牛奶，那漂浮著鵝黃蛋花的牛奶……。

黑白電視彩色夢

那是一個拮据克儉的年代，每學期雙親為五個兄弟姊妹註冊都得借貸。母親經營小雜貨店，常說：「阮做的是乞丐生意。」雖然店舖裡糖果餅乾琳琅滿目，我們捨不得吃，也不敢偷吃。若是五個孩子每天吃掉半桶餅乾，家裡的收入就變少了。

隔著馬路對面的阿雲姊，是村子裡頗有錢財的人家，最先購買黑白電視，吸引街坊鄰居蜂擁而入，或站或坐，將大廳擠得水洩不通。席地而坐之中有一個小不點兒身影，就是我。其實也不小了，都十歲了吧！豈是愛湊熱鬧，分明是癡迷轟動武林的布袋戲和婉轉悽惻的歌仔戲。不論陰晴風雨，每天總是不害羞地蹲地爬行到阿雲姊家。看到入迷，總是聽不到母親前來呼喚回家吃飯的聲音。

「我看妳乾脆住在阿雲姊家算了！」母親終於發出抗議。我一時氣惱嘟著小嘴：「誰讓我們家這麼窮連電視都買不起？讓我每天爬到別人家看歌仔戲？」一個月後某日放學回家，赫然看到一台咖啡色外殼的龐然大物，天哪！竟然是電視！我驚喜不已，努力拼出一個問句：「媽！我們哪來的錢？」母親沒有回答，只見她神情歡然：「從今天起媽媽可以陪你在家裡看歌仔戲了。」

電視安置在店鋪進入室內的轉角處，母親坐在半躺的長形竹椅，我坐在母親託人訂製有靠背扶手的矮藤椅，母女並坐看電視可以兼顧看店。每看一齣戲，母親會一邊講解，甚至預告後面的情節。我問母親為什麼能如數家珍？她側臉，傳遞過來發亮的眼神和悄悄的祕語：「你細漢的時候，我常在晚上收店後，背著你去廟口看戲尾呢！」

二十年後回首與戲曲的因緣，驀然發現，那自幼失去椿萱以致沒有機會接受教育的母親，正是我的啟蒙老師；黑白電視為我們留下共賞戲劇的回憶。在寫完功課後沒有玩具和玩伴的童年，看歌仔戲、布袋戲是我的最愛。我經常取兩條大方巾當水袖，在母女同睡的大木板床上，獨自扮唱。偷偷演唱歌仔戲成為童年生活唯一的快樂。

童年的黑白電視轉化成一個記憶，沉澱在彩色的夢想中。

年節的儀式

一生中可能體驗與宴飲相關的重要儀式大約是滿月週歲酒、婚慶喜宴、結婚紀念、生日壽宴等。對出身寒微、生長鄉村的母親而言，這些儀式都是奢求。她曾說過：「嫁給你老爸時只有一個碗公兩雙箸。」如此說來，唯一的婚宴想必也闕如了。那麼，母親奉為宴飲儀式者就是年節應景的食物了。

・端午香粽

少小離家醫病求學，而後工作定居台北。三十餘年來不論我身在何處，都會享受到父親送來的粽子；而結婚半個世紀的雙親，竟也始終如一。五十年幾度遷移，悠悠歲月，也曾顛沛困阨，也曾病痛煎熬，但為什麼端午佳節的儀式不曾缺席？終於懂得母親不曾間斷包粽子，父親不辭千里送粽子，終究不只應景習俗，而是愛的能量與堅持！

有一年端午節前一週，老爸老媽吵架了。他們從年輕吵到年紀一大把，無非為芝麻綠豆小事。吵歸吵，母親照樣洗衣煮宵夜，父親依然用摩托車載她看病或購物。平心而論，母親心高氣傲，比起外柔內剛、沉靜內斂的父親更難勸說。因此當母親氣鼓鼓來電話要我評理時，還得小心安撫。我一想，幸好端午節將近，到時一起包粽子就沒事兒了。

其實精明幹練的母親，包粽子哪有父親插手餘地？近幾年母親因糖尿病導致視神經萎縮，才需父親採購、切洗、炒菜料，從調味、包製、蒸煮還是母親一手完成。雖然視力不佳，憑她熟巧工夫，早已出神入化。

誰知端午節前三天，母親再度來電話，聲勢十足：「去問問你老爸買粽葉回來是啥意思？不跟我說話，還想著我包粽子，免想啦！今年你也沒粽子吃了！」這才知道兩老尚未和好，顯然氣性不小呢！姑且一試哀兵之計：「媽咪，我一向只吃您包的粽子！不能回家過節，又沒得吃，好可憐呀！」「總有一天得用買的……。」母親掛電話時聲音有點哽咽。

解鈴還須繫鈴人，只好撥打父親工作室電話：「爸！媽怎麼宣布今年不包粽子了？」沒心機的父親果然不知事態：「可是粽葉都買了。」我還得替母親編個下台的理由：「媽說您生意忙，不能相幫，爸要是沒空也不主動問問，我今年真沒粽子吃了。」父親才恍然大悟。唉！這哪裡是討粽子吃，根本是「搓湯圓」，我暗喊冤枉。

於是端午節前，依舊吃到父親遠從台南送來母親在「視茫茫」情況下親手包製的粽子。母親依舊在清晨四點起床蒸粽子，讓父親搭乘清晨七點左右的火車或國光號，中午以前送到台北女兒手中時，猶然溫熱。

客居台北的歲月，曾經吃過朋友相贈不同口味的粽子。長條四角形的「湖州粽子」，外形清麗修長，糯米綿密軟嫩，鹹粽用肥瘦腿肉各一片為餡，雖然是以新鮮豬肉浸泡上等醬油，肉色鮮嫩，油光發亮，但是對不愛吃大塊肉的我，終究不具吸引力。我也吃過來自香港體積最大型的「廣式裹蒸粽」，餡料多樣，有米、燒鴨、香菇、蝦米、綠豆仁、栗子等，一個裹蒸粽足足可以讓好幾個人吃得又飽又撐，對於胃口小的我，實在敬謝不敏。我也吃過立體形狀的三角粽，外表像台南粽子，可是糯米無色無味，餡料又少又淡，一粒拳頭般大小的粽子，裏面居然放了鹹鴨蛋黃，簡直就是鳩占鵲巢，對於愛吃味道香濃、餡料豐富的我，這樣的粽子只有「形似」缺乏「神髓」。

我家粽子，先爆香紅蔥頭，放入乾蘿蔔絲、豆皮絲、乾蝦仁；五花三層肉、台灣本土的小香菇、栗子另炒備用；最後炒米，拌入魷魚絲和浸泡冷凍過的花生，加入醬油、五香粉、冰糖等調味料。包製的時候，還放入花生粉，非常典型的台南味。每一樣食材都炒過，各有適當的調味，整粒粽子都已入味，米質又香又有彈性，這才是媽媽的味道。

母親手藝純熟，可以在二十分鐘之內包好一掛，成家立業在外的兒女都有份兒，包括遠在台北的兩個女兒。一直到近兩年，母親因為多年洗腎，氣衰體弱，再也不能親手包製粽子，我這才明白端午佳節吃粽子的儀式，不只是展現母愛的持續，更是意味母親生命歲月的流逝……。

・肉燥碗粿與圓形鹹粿

對我而言，年節的美食佳餚並非魚翅龍蝦、海參鮑魚，而是嘉南魚米之鄉的米食文化——台南肉燥碗粿與圓形鹹粿。

碗粿其實是鹹粿的副產品。前一天晚上要先將在來米洗淨浸泡，翌日清晨送至米店代為磨成米漿。七、八點起床時，就已經看到鋁製水桶盛裝九分滿的米漿安置角落，濃醇的米漿，香味撲鼻。對一個手無縛雞之力的人，我從不知道米店離家多遠，也不知道一桶米漿多少重量，更難以想像母親如何提著米漿而不會隨步伐擺動溢出地面，只知道當自己還在溫暖衾被中安睡時，母親起早已做好準備。

餐桌上照例有大小兩鍋肉燥。小鍋肉燥內有十幾個滷蛋，是早餐配稀飯的佳品，一個滷蛋幾瓢肉燥拌入，津津有味；往往餘意不盡，再舀一瓢空口吃下，才覺得酒足飯飽。母親看我愛吃肉燥的模樣實在不可思議，遙指大鍋肉燥叮囑：「不可以給我動那鍋，這是要放在碗粿的餡料。」我故作嬌嗔：「從細漢吃到大漢，我知啦！誰叫老母煮的這樣好吃？害我為肉燥吃兩碗稀飯。」這是台南版本的肉燥，絞過的五花豬肉搭配香菇丁、紅蔥頭酥、蒜頭酥、五香粉、醬油、冰糖。絞肉如毛豆般大小，不可太細碎，不可悶煮過久，才有嚼勁。配料調和了絞肉的油膩，百吃不厭。

一小鍋肉燥安頓家人的早餐，一大鍋肉燥餡料攙入碗粿，則是引頸而盼的中餐。所以引頸而盼的緣故，是必須耐心等待鹹粿蒸熟之後。米漿加入糖、味精、鹽拌勻，將開水分次加入攪拌至濃稠，倒入圓鍋放進蒸籠，爐火上堆疊兩個蒸籠，一個多小時即可將鹹粿蒸熟。總是要蒸煮兩三回合，分給成家在外的兒女。母親端出熱騰騰的鹹粿情不自禁讚嘆：「晶閃閃的，都沒有皺皮，外頭買不到這樣好吃的。」皎潔光滑的鹹粿，團團似明月，我看到母親眼睛閃爍的光芒。

數十年的經驗，固定的鍋碗瓢盆，母親精準計算，蒸出幾大塊鹹粿之後，剩餘的米漿才用來蒸碗粿。母親的碗粿不硬不軟，很有彈性，顆粒肉燥隱約浮現在平整滑潤的碗粿，排列疊放餐桌，頗像大珠小珠落玉盤。此時已近午時，遠地近區的兒孫陸續返鄉，人人飢腸轆轆，大快朵頤。餐後個個捧腹向母親自報食量：男生三、四碗，女生兩碗。一家十五口，碗粿所剩無幾，母親笑得開懷：「好加在自己炊（蒸），不然哪夠吃哦！」

這是我家每年農曆除夕前一天歡樂的情景，母親成為圓心，親手製作圓形鹹粿和肉燥碗粿，猶如主持嘉年華會，凝聚家族的團圓熱鬧與人聲喧譁。

四歲喪母、七歲喪父的母親，不曾享有外婆給她任何食物的溫暖記憶；而為人妻為人母將近一甲子歲月，卻不曾缺席的年節儀式，象徵著母親的韌性與堅持。三十年來我在台北不曾自個兒買粽子、碗粿與鹹粿，它們成為一種我對母親的忠貞與母愛的渴求，也是一種美麗的鄉愁……。

夢中的微笑

大年初一晚飯後，全家到老爸的工作室唱卡拉OK。老中少三代個個是唱將，搶著點歌，似乎讓出麥克風都覺得不甘不願。凌晨時分漫步回家，從北部歸鄉的遊子難得地看到，照亮鄉間的道路不是都會七彩的霓虹燈，而是夜空點點的星辰。雖非繁星密布，卻也閃閃發亮。如同老爸那台小小卡拉OK，讓他自己，也讓許多人的容顏都散發了幾許飛揚的神采。

含蓄內斂的老爸，不太嚴肅，但極少開懷大笑，是一種「定靜」的修養吧！老爸歷經日治時代的苦力，少年失去父母的無依。以兩雙碗筷成家後，經營小本生意維持家計。許多夢想都因現實困頓而放棄了吧！老爸中年轉業經營山產貨物，經濟改善後才有自己的工作室。近幾年，精心布置一間隔音室，安裝一台卡拉OK，學唱不少歌曲。只要不見父親身影時，老媽就有醋味兒：「你老爸又去唱歌了！卡拉OK根本就像他的細姨！」

老爸總是在工作室備好茶水和點心，主動邀請左鄰右舍或村里中的老人來唱卡拉OK，唱到熱鬧滾滾，唱到意猶未盡。他有一本專用筆記，書寫曲名和編號，台語歌、日語歌、國語歌皆有。一台卡拉OK像磁鐵般吸引他每天學歌唱歌。當社會大眾沉迷樂透彩券而夢想一夕致富時，老爸卻陶醉在歌唱世界，忘情於另一種浪漫。

老爸點唱第一首是日文歌「岸壁之母」，演唱之前特別解釋歌詞大意：兒子乘船遠去當兵，一去未歸；母親十年來每天到岸邊等候，直到她年邁拄著拐杖，依然不見兒子的身影。父親低沉略帶沙啞的嗓音，節拍準確地唱出這首傷情的歌。唱完後點唱機自動出現九十分，評曰「你具有歌唱的資質」，我們齊聲歡呼。而這一陣歡聲完全淹沒了感傷的旋律。

這是我第一次聽七十六歲的老爸唱歌，音樂的魔力竟使向來沉靜寡言的老人家一展歌喉，毫不羞澀。接著，每個人又輪流點歌，老爸靜默一旁，直到大家盡興，他趁著空檔趕緊點唱一首。人多熱鬧，我們偶爾交頭接耳，不怎麼經意傾聽，突然歌唱聲轉為斷斷續續，像是變奏的曲調，仔細端詳父親清淚直流，終於泣不成聲，踉蹌而出。

螢幕上持續播放父親未唱完的曲子，最後幾句歌詞描述，自從離開媽媽，兒子無日不思念，回憶當年離家時，母親雙腳跪地祈求神明，淚落如雨……。我們靜靜聽完，翻閱歌本，方知曲名是「媽媽！我想您！」

父親十二歲喪母失怙，總以為失去至親的創痛早已沉澱，沒想到唱起思念媽媽的台語歌，仍悲從中來。我想起有次寄了一盒水果回家，父親多半有事囑託才會打電話，不似母女之間可以絮叨生活瑣事，然而當晚來電話的是老爸：「今天是妳阿媽的忌日，寄來的水果當成供品。我燒香時，告訴妳阿媽，這是孫女兒寄回來孝敬妳的。」慢條斯理、節奏和緩的聲調中蘊含若無似有的思念，對拙於言辭的父親而言，這些話語看似平靜無波，但我知道老人家澎湃的內心。漢代古詩曰：「去者日以疏，生者日以親。」往生者也許因為遠離而日漸生疏，父親對祖母綿長的思念，竟長達一甲子以上的歲月。老爸思親的眼淚，喚醒我珍惜「生者日以親」的福分。

父親重整情緒後，再度進來，他鍾愛的孫女兒趕緊以嬌嗔的口吻呼喚：「阿公！你唱歌很有感情，今天是過年，要多唱一些快樂的歌。」父親略顯靦腆，我們將氣氛炒熱，這一晚，唱到子夜。悲也歌，喜也歌。

回家的路上，父親說唱歌後會睡得很甜，二嫂說作夢都會微笑。那夜，夢裡都是歌聲，響徹在靜夜星空，眼底和心坎裡都是光芒，像星星一樣。我夢境中的父親，眼眶雖然有淚光，卻是一直微微地笑著……。

長姊如母

過完年預定搭乘早上八點半的班機返北，由於離機場距離頗遠，必須提前一小時出門。為了及早準備，不到六點我就醒來了。母親見我房燈已亮，在門外輕聲呼喚，然後進來，略帶無奈悲愴的語調說：「綿啊！阮要先出門了！不能替你款行李，你自己要細膩（小心謹慎），再見！」當下，我只能簡單回答：「好！」還想說幾句貼心話，比如「媽媽！你要保重要寬心」之類，尚未出口，母親已轉身離去。我從房間門口的視線，目送母親蹣跚黯然的身影，想著她七十五歲高齡每週三次洗腎的艱難，實實不忍……。

淚眼潸然之際，忽聽屋後鐵門之外富美大姊高聲叫喚。前晚並未相約，但她知道我要北上，大早便來叩門了。看到房內的手提袋，立即蹲下來整理，重新歸位，嘴裡兀自嘀咕：「上次回台北時媽媽去洗腎，這次也是，每次都是媽媽不在家……。」三兩句話輕輕淡淡勾勒姊妹共同的痛惜，而晨霜寒露趕來協助收拾行李的姊妹至情，盡在其中。

站在大姊身旁，居高臨下清楚看到她頭上一小撮一小撮白髮，零零落落，如雪花，似流蘇，猛然驚覺歲月猶如雪泥鴻爪，曾幾何時，她竟已近耳順之年。看著蹲在地上神情專注的大姊，剎那間呈現一種人物與時空的錯置，我似乎看到當年蹲在地上走路的自己。那是小學時候，大姊彎腰用力抱起雙足全然無力的我，安放在她的腳踏車後座；到了學校，既要穩住腳踏車重心，且要安然將我抱下來，放在地上；停好腳踏車，背我進教室。每天載我上下學，走過童年的陰晴與風雨。人在後座，我雙手摟住她的纖腰，臉頰貼著她的後背，一如小女兒依偎著母親。

母親曾經悄悄告訴我，當年大姊師範畢業等待分發，她輾轉懇託得力人士，回憶此事時，母親流露深謀遠慮的氣魄：「一定要想辦法將你大姊轉回來咱莊下（鄉下），才可以載你去讀冊（讀書）。」我後來常常設想，彼時大姊猶是花樣年華，倘若分發到其他地方教書，也許她會譜出另一首流浪者之歌。可是，她投錯了胎，有個形殘的小妹，註定有條命運的鎖鏈繫住她，母親將「長姊如母」的標記深深烙印在她心上。正因為返鄉回到母校，得以結識同校任教溫厚篤實的姊夫，有幸定居近鄰村莊，共同參與她長姊如母的生命推手。

大姊送我上車，站在家門口，寒風中隔著車窗與我揮手再見。那一刻，玻璃窗外「高堂明鏡悲白髮，朝如青絲暮成雪」的圖像栩栩如生在我眼簾浮現，恰似母親的身影……。

一蓑煙雨任平生

蘇軾【定風波】三月七日，沙湖道中遇雨，雨具先去，同行皆狼狽，余獨不覺，已而遂晴，故作此詞。

莫聽穿林打葉聲，何妨吟嘯且徐行。竹杖芒鞋輕勝馬，誰怕，一蓑烟雨任平生。　料峭春風吹酒醒，微冷，山頭斜照卻相迎。回首向來蕭瑟處，歸去，也無風雨也無晴。

行路雨中，總會低吟蘇東坡的【定風波】，那幾句小序別有禪意，正因東坡不覺濕了一身的狼狽，故能在風雨停歇轉晴後，以哲人之心寫下「回首向來蕭瑟處，歸去，也無風雨也無晴」的千古名句。

對我而言，東坡從自然風雨轉悟對人生風雨的透視，只能成為境界的嚮往，無法轉為實際生活的瀟灑。一把雨傘，遮不住狂風驟雨；一般雨衣，難以護全風吹雨淋的軀體及價值昂貴的電動輪椅。

代理行銷電動輪椅的李先生送來時慎重叮嚀：「電動搖桿千萬不可弄濕，要價兩萬元。」我問：「下雨怎麼辦？」這位遭逢意外脊髓損傷，以電動輪椅出入的朋友非常阿Q：「不出門就是了！」我瞠目結舌，這是什麼答案？第二天預約復康巴士，抱病外出尋訪專門製作帆布帳篷的店家，無功而返。趙老師直言：「再想辦法吧！說真的，輪椅上搭個帳篷，走在校園像媽祖出巡，實在有點兒招搖！」我破涕為笑，詼諧幽默的趙老師總是像「山頭斜照卻相迎」的暖陽。

暑假坐電動輪椅回鄉，讓台南的雙親看看，住在鄰村的富美大姊隨即趕來。我操作電動搖桿前進後退、原地打轉，像個輪椅模特兒。大姊立刻問到重點：「下雨怎麼辦？」我轉身從輪椅後座置物袋掏出特製雨衣，當面解釋這是李先生請專人設計斗篷式雨衣，長寬度足夠將人連椅全部遮護，一件一仟元，僅訂做一千件。正預備穿上示範，誰知內層全部沾黏，不堪拉扯而破裂，我當下心頭緊縮：「完了！這雨衣買不到了！」聰慧敏捷的大姊靈機一動：「不煩惱！我去買特大號雨衣，找裁縫師照樣裁剪。」

幾天後大姊送來雨衣，她特意挑選醒目的鵝黃色，迫不及待為我穿上，前身鬆緊帶圈住輪椅踏板，後身裹住靠背及置物袋，大姊頻頻讚賞：「真好！比原來單薄材質的雨衣更厚實更寬大，這兩件夠你穿了！」原來大姊買三件裁成兩件，才六百元。裁縫師是她學生的家長，知道是為妹妹修改，堅持不收工錢；而那家長有個腦性痲痹的小女兒，才兩歲。我懷抱雨衣聽故事、想因緣，看著來回奔走數次的大姊，忍不住淚眼潸然……。

至親手足方能心領神會妹妹的困頓，兩地時空，同是一句「下雨怎麼辦」，印證姊妹同情共感，牽繫難以言傳的情誼。風雨時日，穿上裁剪改製的雨衣，猶如一身蓑衣、一葉扁舟，縱使被煙雨淋溼，亦能自在於煙波江上。從此，可以神遊東坡「也無風雨也無晴」的境界，可以和漁翁隔江對唱「一蓑煙雨任平生」。

金瓜重續姊妹情

是個選舉日，將近中午時刻，在同一個投票所，阿姨忽然瞧見母親的身影，由家人攙扶，步履蹣跚。已經好多年好多年了，阿姨不曾這樣近距離看到母親，如今驚見，竟是憔悴病容，垂垂老矣。阿姨幾乎不能克制，想快步近前呼喚，卻深恐在眾人面前情緒失控。

聽說，阿姨回到家中，內心澎湃，難以用餐，收拾收拾，居然走進我家。見到阿姨，我們不敢出聲，不知道如何面對這個場景。氣虛體弱的母親斜躺沙發，阿姨將攜帶的東西放下，走到身旁低聲叫喚：「阿姊！我來看妳了！」母親費力支撐，坐起身子，兩眼茫然，神情錯愕：「妳是誰？」阿姨淚眼盈眶：「阮是妳的小妹仔——阿娥啦！」母親回神過來，含淚而笑，殘存的視線瞥見茶几上的小包裹：「來了就好，何必開錢買物件？」阿姨用衣袖擦拭眼淚，隨即拆封：「我一時毋知去買什麼，剛好中晝頓（中午）煮一鍋金瓜（南瓜）飯，順手添兩碗拿來和你一起吃。」母親流露童顏滿足的笑容：「真久真久沒煮金瓜飯了，這是我們細漢（小時候）最愛吃的飯呢！」

於是，兩碗金瓜飯釋放了多年的恩恩怨怨。當年，母親為了籌措五個孩子的註冊費去向阿姨借貸，應門的是姨父，回了一句：「要借兩千元？將雞卵（雞蛋）弄破就有卵清（台語諧音兩千）。」母親一言不語，轉身離去。七歲成為人間孤兒的母親，頓時被迫割裂手足之情，悲不可抑。回家只有短短五分鐘的路，竟走得漫漫長長。從此斷絕往來，直到這次阿姨開啟心鎖，主動前來叩門。

過年，我陪母親到阿姨家拜年。一路上逢人寒暄，王嫂問：「妳要去哪裡？」母親說：「阮要去小妹仔的厝。」一旁的張嫂會心應和：「哦！這個小妹仔是去年才相認的。」可不是嗎？這段道阻且長的悠悠歲月，整整四十三年。乍然相逢，彼此已然是鬢髮如霜的七十高齡。母親因為洗腎，氣力衰頹，視眼朦朧，別說記不得阿姨的音聲，甚至臉上的皺紋都看不清楚了。一切釋放就在阿姨驀然回首的剎那。這一場破鏡重圓的情節，不須編劇，不須導演，不須布景。既沒有雕琢修飾的語言，也沒有激動熱烈的擁抱，更沒有豐厚禮物的致贈，就是童年共同回憶的金瓜飯。金瓜「葉圓心臟形」，花開後結大漿果，果實「扁圓形」；蒸煮之後，不用鹽糖，柔軟甘甜。無意中煮好的金瓜飯，竟是母親與阿姨重畫手足之圓的媒介，成為姊妹再續情緣、同心契合的象徵。

往日崎嶇還記否

‧泥上偶然留指爪

一九七〇年代，鄉下農村成績優異卻家境窘困的女生，大都被迫放棄升高中選擇就讀師專，二嫂是其中之一。當年她已考取台南女中，其母卻一臉憂愁，不知如何籌措學費。那時師專考試由各校分別招生，考期同天，試題相同，錄取分數不一。偏遠的學校錄取分數較低，以便考生依自己不同等次的成績投考學校。二嫂的一位學伴力邀同考屏東師專，她漫不經心隨口答應。可是選擇學校時，不知怎地，她竟走到台南師專的報名處，學伴當下不發一語，對她投以哀怨的眼神，二嫂猛然驚覺自己輕諾背信，立即轉報屏師。

後來二嫂因緣際會研習觀音妙法，多年以後追憶此事深有所感：「那位學伴並未考取，早已音訊杳然，但至今不曾忘記她的眼神。也許冥冥之中就是觀世音指引我到屏師吧！」姑且不訴諸宗教因緣，我還是好奇：「那年你才十五歲，為什麼會因為她的眼神放棄報考南師？不可惜嗎？」「真像鬼使神差！我的成績就恰好考取屏師。」話及此處，二嫂揚起清泠的眼光：「我想即使考取南師，一輩子都會有罪惡感吧！」

離開根生土長的鄉村田園，是人生初度的飛翔。因著生命的轉彎到屏師，五年沉浸在國樂的洗禮，體育的鍛鍊，重視課外活動的校風，更加涵養她熱愛自由、嚮往自然的襟懷。二十餘年來擔任小學教師，都以灌注自由快樂的精神為理念。曾經，相關單位提倡實施低年級小班教學法，就是將空間有限的小教室分隔為閱讀區、遊戲區、科學區等，提供小朋友在下課時間自行活動。二嫂不受小班教學法規範，仍鼓勵小朋友到校園奔跑遊戲，沉靜內向的孩子可隨意留在教室。我迫不及待問：「最後還有多少人留下？」二嫂音調高昂：「哦！全都出去了，小朋友還會邀我去參觀他們的祕密基地呢！」

「祕密基地」是小朋友取名的，何其神祕又創意的語言！學期結束時，祕密基地的領袖寫了一封信：「老師！謝謝您兩年來的教導，讓我們有一個快樂的童年。當我們同在一起的時候，好像一隻一隻的小鳥往天空飛行，好開心哦！」二嫂將這封信與我分享時，眉飛色舞，當下之際，我彷彿看到一隻自由自在的大鳥，引領一群小鳥翺翔在湛藍的天空……。

這不是虛構的畫面，是她力行的實景。屏師畢業後任教台南縣西港鄉偏僻荒涼的金砂國小，她經常利用星期假日帶學生出遊。二十幾位學生騎腳踏車到車站集合，轉搭公車前往目的地。一個二十餘歲清麗可人的女老師領著一群小朋友浩浩蕩蕩的情景，果然引人注目。

聽說路過防風林遇到駐紮的軍隊，幾位士兵好奇相問，到了中午，一位士兵前來邀呼，原來他們煮了一大鍋麵。三十年後同學會，還有不少人記得那一鍋熱騰騰香噴噴的湯麵……。

一個週末，二哥載她去兜風，經過台南縣新營鎮通往白河的省道旁，看到一座造型奇特的建築，她要求停車探看，想不到門口站的竟然是金砂國小第一屆畢業生，二嫂立即呼叫：「謝麗香！妳怎麼會在這裡？」三十五歲的謝麗香緊緊抱著她的小學老師，激動得淚水直流：「想不到老師還認得我，叫得出我的名字。」想來，那該是「驚呼熱中腸」的情景，杜甫詩句「人生不相見，動如參與商。……焉知二十載，重上君子堂。」誰料想師生久別將近二十餘年，竟在不同時空的路旁重逢？古今照映，如此真實。謝麗香迫不及待告訴老師：「小學五六年級，是我生命最懷念最快樂的時光。」不可思議，這是怎樣深刻的記憶？我問二嫂如何帶給他們快樂？她說，就是帶他們到台南市區逛街；到金砂附近的山丘焢窯，等待烤地瓜、雞蛋的時候玩遊戲；到馬沙溝海邊撿石頭貝殼，玩到太陽下山……。

是不是童年到海邊嬉戲的情景深深烙印，因而埋藏大海的魅力與召喚，致使謝麗香日後從枯寂荒蕪的婚姻生活中，重回大海懷抱尋得自我突破？她開始迷上到海邊撿拾刻著歲月痕跡的漂流木，甚至每天獨自開車到七股海邊尋寶。她瘋狂迷戀它們，相信這些不同姿態形狀及其美麗紋路的天然木頭，有朝一日會成為建築物的主角。有一天，忽然瞥見岸邊擱淺了一塊船板，她奔向前去，赫然發現船板上一小方塊凹陷處，恰巧嵌入一枚早年的伍角舊幣，心中立刻閃過一個名字。二〇〇〇年，終於在白河親自建造第一家餐廳，取名「伍角船板」。使用的建材就是多年蒐集的漂流木、老石板、大角磚、變形磚等，古樸原始、自然拙趣的建構特質吸引許多過路客，二嫂就在這兒停車駐足，牽引這一段重相逢的佳話。

師生敘舊中，謝麗香回憶：「功課不好，常常挨打，但還是非常愛我們的老師。您送我的畢業禮物是一枝鋼筆，簡直比得到縣長獎更高興。」我又問為何送她鋼筆？二嫂模模糊糊：「大概是她很善於繪畫吧！」也許對謝麗香而言，她需要的不是一張單薄的獎狀，而是一枝堅硬的鋼筆，讓她用彩筆、巧手、蘭心、慧眼，勾勒一幅一幅狂野奔放的藝術創作。謝麗香果然在木雕、水泥雕、鐵雕、陶塑、油畫，各有與眾不同的表現。

二嫂婚後轉任我家附近的下營國小，大多接任低年級，成為孩童入學生涯的啟蒙者，對品格教育更有挑戰性。曾有一位學生的母親是智障，二嫂帶引領學童打包營養午餐剩餘的食物，讓孩子送到操場交給她的母親。有天孩子哭著回來，說是母親被欺負。二嫂快步前去，看到三四個高年級男生正用小石頭向其母丟擲，只見母親蹲身，雙手抱頭啜泣顫抖……。二嫂怒斥：「住手！難道你們一輩子都不會生病嗎？」她將這幾個學生交給訓導主任，聽說個個低頭流淚。我傾聽，聯想自己小學被他班同學譏笑「跛腳」的畫面，不禁一陣酸楚。

處理物品遺失事件最為棘手。有一天發現送給學生五十元禮券的小紅包不見了，雖然直覺是周姓學生，卻不能明說，她走到周同學座位，故作輕鬆：「你的抽屜好亂哦，全部拿出來重新整理。」二嫂翻檢課本作業簿皆無夾帶，又叫他整理書包，仍無所獲。她只好問全班是否有人看到老師桌上的小紅包？一位學生舉手：「我剛才看到周同學手上有拿著紅包。」二嫂輕聲細語問周同學：「紅包哪裡去了呢？」周同學坦誠相告丟到垃圾筒去了，二嫂讓他去找出來，隨即對全班宣布：「周同學每天最早到學校，老師請他像警察一樣，負責保管我們所有的東西。」全班一致鼓掌叫好。又有一次，一個小女生哭訴她的項鍊不見了，二嫂對全班進行道德勸說：「小朋友是不是好奇，將別人的項鍊拿來看一看，忘記還了，如果沒還人家，一輩子都會不安，將來戴在身上，也會想起來這不是自己的，明天趕快拿來還。」過了三天，有位同學送來：「老師！我幫她找到了。」送還者是一位成績優異而愛美的女生。二嫂不著痕跡找回失物又維護孩童自尊的技巧，令我讚歎不已。

‧鴻飛那復計東西

二嫂娘家無姊妹，我是小姑，有幸被疼惜，視為自家妹妹，氣性相投，頗為知心。每年寒暑假返鄉，分享二嫂這些教學點滴，都覺得津津有味。我看著面前這位兒女卓然長成（一兒一女皆已分別完成台大清大理工科系碩士學位），已過天命之年，仍然「巧笑倩兮、美目盼兮」的女性，遙想當年的她該就是「窈窕淑女，君子好逑」的典型。她雖生自窮鄉僻壤，卻有「清水出芙蓉，天然去雕飾」的氣質。我甚至聯想，如果她沒有走入婚姻紅塵，她必然是杜甫描述〈佳人〉：「摘花不插髮，采柏動盈掬。天寒翠袖薄，日暮倚修竹。」的寫照吧！這位幽居在空谷的佳人，兩手捧取滿把經寒不凋的翠柏與挺拔勁節的綠竹，恰似她天然的幽姿高致。我或者假設，她如果是一隻鴻鳥，或許也有機緣成為「王謝堂前的燕子」，但她卻選擇「飛入尋常百姓家」。

二十八歲嫁給軍法官的二哥，已預知聚少離多的婚姻生活，長達二十年歲月。我們李家沒有顯赫的家世，也沒有萬貫家財，只是小康的家庭，最難能可貴的是擁有刻苦耐勞的雙親。父親沉靜寡言，溫良和善，從不給人壓力；母親精明強幹，經營小雜貨店，操持家務、料理三餐，兼顧新生孫兒，是那些年二嫂最大的精神支持吧！可是，人生古難全，面對氣性剛烈、快嘴如刀的母親，卻成為她為人子媳最難最難的人生功課。最令我驚訝的是，她從不曾向二哥轉述母親那些令人如芒刺背的語言。

父親十二歲已是孤兒，母親不曾體會為人媳婦的甘苦。自身窮苦無依的悲慘命運，塑造她一生不妥協不服輸的倔強性格。我曾經做過「家族排列」治療，治療師代表母親，溯及母親的童年時，治療師蜷縮在地，轉用台語如泣如訴：「阮是沒人愛的查某囝，阮是被阿母拋煞的查某囝……」當時聲聲質問阿母為何棄她而去的嚎哭，令我痛斷肝腸，淚流不止，印證當年外婆上吊自盡，生生割捨五歲母親的殘酷事實。而後二年，母親住進他人家中成為幫傭，每個月賺三塊錢交給酗酒的外公。不久，外公病逝，母親孑然一身，那時才十二歲。

儘管我以母親原生家庭的創傷嘗試讓二嫂釋懷，但我深知畢竟難以撫平。那就像蘇東坡所寫「道中遇雨，雨具先去」的困境，長期深陷泥濘中的蕭瑟，何嘗是外人能體會？他人又豈能為她拂拭千萬分之一的雨水？我經常設想，假若異地而處，我是萬萬不能忍耐的，可是我仍然非常自私懇求二嫂繼續與二老同住，我含著眼淚天真的說：「母親如有虧欠，我來償還……。」

二哥軍職退役轉任台北工作約四年後終於回到南部，可以通勤上下班。一兩年後，母親的健康亮起紅燈，因糖尿病導致尿毒症必須洗腎。面對不可逆轉的命運，母親的情緒暴怒不安，怨懟益深，全家烏雲密布束手無策。那一大段歲月，二嫂因為長期抑鬱而多年胃痛；加之更年期經期變化，大量出血，兩度昏倒在樓上浴室及供奉祖先牌位的廳堂。昏倒之時二哥尚未下班，即使呼叫也無人支援，想是她種下深厚福田，一縷魂魄方能悠悠轉醒。此事縈繞我心，餘悸猶存，當我再一次進行「家族排列」治療，這回出現情景是一位代表癱軟在地，雙手環抱腹部，呻吟懇求：「帶我走！我要出去！我要出去……。」這些深層治療令我悲不可抑，不禁呼問：母親、二嫂與我，究竟是怎樣的情緣糾葛？治療師撫拍我的肩膀：「這是二嫂向二哥求救，她瀕臨崩潰，你要尊重他們任何一種選擇。」當我轉述此事時，得知他們已經默默進行購屋搬遷計畫，後因交涉未成，故而作罷。難道是命中註定情緣未了？

兩年後，我似乎看到她們婆媳情緣善了的意義。母親洗腎進入第六年期間，病情最大變化是出現幻聽幻覺及被迫害妄想症，指稱對象是數年來無怨無尤默默照顧，年已八十餘歲高齡的父親，說是父親要毒死她，帶一群女人回家，還有一群男女在家賭博，指認外勞是幫兇。那一段時間母親鬧得很嚴重，家無寧日，折磨父親苦不堪言。她將這些幻聽幻覺視為祕密悄悄告訴二嫂，並且相信只有媳婦不會害她，只吃二嫂端送的牛奶飯菜。勸食的時候，母親又搖頭嘆氣：「你老爸跋筊（賭博），錢全部輸了了（輸光光）。」二嫂順她的語言回應：「這樣好啊，輸了了就沒錢帶查某轉來，也沒錢跋筊了。」母親問：「沒錢吃飯怎麼辦？」二嫂壯其聲威：「你有錢啊！以後老爸靠你養，就會在你身邊，都不會出去了。」母親又問：「錢用完，沒人養怎麼辦？」二嫂說：「不要將煩惱存起來放著，你兒子會養呀！」母親曾經嚴重到將兒子視為弟弟，或是突然問父親：「你某（太太）去哪裡？你住哪裡？」二嫂故意考問：「我是誰？」母親一本正經回答：「你是阿玉！阮還未變戇呆啦！」

神智半清不明的階段，二嫂成為母親最信任的人，也最善於隨機發揮巧妙語言給予寬解。母親短暫期間的精神失序，無意中化解婆媳之間三尺冰凍，如在夢境，卻是真實。面對身不由己的母親，二嫂終於可以釋放她最初純然具有的良善與悲憫，勇敢地親近擁抱這位即將「燈盡油枯」的婆婆。在二嫂身上，我強烈感受到真善美的溫柔與諒解，竟如此迂迴曲折……。

母親逐漸恢復平穩，二嫂開始向母親學習蒸鹹粿、碗粿與包粽子的手藝。母親不精確的敘述，二嫂抄著筆記；實際製作時，再就細節步驟一一詳問。已經無法站在廚房火爐面前的母親，名符其實成為口述指導，猶如一個老師傅將絕活技藝口傳弟子，她眉開眼笑。前年我因病沒能回家過年，二嫂特地製作十寸大的鹹粿請託小學同窗開車北上之便送到家中，圓形鹹粿象徵團圓情誼；而後端午節又特地寄來粽子，母親在電話中說：「以後我死了，你嫂子會炊粿包粽給你們吃了……。」

我寒暑假返鄉度假的日子，二嫂幫我洗衣；配合我的飲食療法採買烹煮；生病了陪我就診，炎炎暑天竟不排汗，全身悶熱，背部骨頭酸痛，呼吸不順，二嫂用拍打棒幫我拍打全身，我一直說，「你手酸，別打了」，她說，「都是拍打棒本身的彈性，沒什麼出力，你只要放鬆就好。」拍打過程中，我開始出汗吐痰，拍打一小時，全身氣血暢通，病痛減輕大半；到了傍晚時分，聽我乾咳，端了一碗魚湯。母親現在不能做的，二嫂都做了。是二嫂的悉心照料才能「成全」我返鄉陪伴母親的心。無形中，母親、二嫂與我，如同三個點，用「愛」畫了一個圓。

離家北上之時，母親依依不捨，傷心之語如同告別：「阿綿！我恐怕活不久了，我只有擔心你吃老（年老）怎麼辦？」我抱著母親哽咽：「媽媽免煩惱，二嫂說她會照顧我，你要寬心……。」我幼年罹病一生形殘；母親晚年疾病纏身形容憔悴，不知不覺，我們各自用最深的牽掛與不捨將彼此繫聯挽留，寄身茫茫苦海……。

也許二嫂是觀世音派遣的玉女，嫁入李家，前來度化我們母女吧！

在她適婚之齡，已有多位追求者，二嫂皆無動於心。相親之後，對二哥的第一封信並未回覆，再寄第二封是明信片，引用了蘇東坡〈和子由澠池懷舊〉：「人生到處知何似，應似飛鴻踏雪泥。泥上偶然留指爪，鴻飛那復計東西。」二嫂追憶，當時她買了一本書，書名《雪泥鴻爪》，如此巧合讓她怦然心動，回了信，才開啟這樁姻緣。二嫂飛入尋常百姓的李家，難道也是飛鴻踏雪泥的偶然？如果用「偶然」印證她過去的生命轉折，似乎也頗為貼切。

人生的偶然，正如這首詩蘊含的情境。昔日東坡與弟弟子由應舉，經河南澠池縣，馬死於崤山，兩人騎著蹇驢到一僧寺，寄宿奉閒和尚居室，並在寺壁上題詩。這首七律的感發其實奠基於第三聯：「老僧已死成新塔，壞壁無由見舊題。」對東坡而言，當年馬兒病死、幸會老僧、寺壁題詩，都是「泥上偶然留指爪」；而今舊地重遊，老僧已死、廟壁殘毀、舊題不見，則是「鴻飛那復計東西」的具現。這一聯蘊含死生新故之對照，壓縮今昔時空之情景，成為全詩轉折。表面看來一切曾經交會的人事物，都像是雪泥上偶然留下的鴻爪，皆已不見蹤影，但是他們卻深深烙印在詩人心中，成為一種歷練、一種智慧。正因有此體悟，故能轉出最後一聯：「往日崎嶇還記否，路長人困蹇驢嘶。」詩人轉回當下創作的時空，回顧過去一切，寫出詩歌少用的疑問句「往日崎嶇還記否」，好似一位歷盡滄桑參透世情者以悠渺的眼神追憶似水流年；而「路長人困蹇驢嘶」就是往日崎嶇的概括，如見一位旅者在紆餘漫長之路，騎著蹇驢踽踽獨行，透過畫面還傳來陣陣蹇驢的鳴叫聲，悲音裊裊。然則，如果沒有走過那一段「路長人困蹇驢嘶」的崎嶇，怎能晤見奉閒老僧？怎能揮灑題詩壁上？讀至此處，不禁淚眼潸然，一句喃喃低問後，竟呈現如此悲涼淒惻的圖畫，雖是生命的縮影，卻蘊藏對生命種種悲喜苦樂的收納與包容。

也許今夕，我們可以將時光快轉二三十年後，當姑嫂二人西窗夜談時，「往日崎嶇還記否」的詩句會讓我們低迴不已！也許，雙親百年之後，老家易主或舊屋新建，我若健在，重回故里，也該會有「老僧已死成新塔，壞壁無由見舊題」之慨。也許，母親百年之後，那些風霜刺骨的語言多已不復清晰。我們除了記得她奮戰命運猶如不倒翁的堅韌意志；記得她家傳的鹹粿、碗粿、肉燥、肉粽美食；也會記得她許多譬喻生動的方言俚語；我們或許更會記得母親洗腎第七年，沉綿日久轉側須人的時日，用羸弱的聲情低喚「阿玉！來幫我扶去樓上。」而我終其一生永遠不會忘記這個畫面：母親背對著樓梯坐在台階上，雙手軟弱下垂，外勞在背後將母親的雙腋撐起，二嫂在前方彎腰抬她的大腿，一階又一階……。此時我的耳邊也會響起母親病苦愁絕之時，對我哼唱不成歌仔調的哽咽聲：「我是痛苦沒人知，這款日子怎樣過？綿啊！老母若死，你要保重……。」

當我們回首這些過往時，或許更懂得詩人歷經「路長人困蹇驢嘶」之後，才能擁有「泥上偶然留指爪，鴻飛那復計東西」的瀟灑。

——二〇〇九年七月二十九日

後記：

二〇一〇年二月二十二日晚上八點二十分左右，我正臥床休息，突然胸口悶痛，十分鐘後得知母親往生。母親雖於昏睡中，仍以心有靈犀的方式傳達將離去之訊息。祝福親愛的母親，適然回到天地的懷抱，物化為種子，重生。

遺世獨立二姑娘

•二姑娘的鳳梨酥

我們可以在台灣各家知名糕餅店買到不同品牌的鳳梨酥，卻買不到二姑娘李美琴女士親手烘烤的鳳梨酥。稱之為「二姑娘」，是避免混淆，因為李家的大姊頭和我這個么妹，對點心烹飪簡直束手無策。刻意不稱呼二姊、李老師、彭太太，是想表述「姑娘」象徵巧手慧心的古典性與勤儉幹練的傳統性。

二姑娘做鳳梨酥的動機是爸爸喜歡，兒女也愛，可是買起來不便宜。以此類推，水果蛋糕、海綿蛋糕、吐司麵包，還有餃子、肉包、全麥饅頭、雜糧饅頭、韭菜盒子、蔥油餅、蘿蔔糕都親手調理。更誇張的是，覺得美容院太昂貴，頭髮都自己修剪，連丈夫兒女的也一起包辦。如果聘她當經濟部長，除了麵粉業，其他百業必將蕭條，我這樣笑她。

她是看書自學的，一試就成，天才吧！聽說打蛋的速度及烘烤的時間、溫度、顏色都要拿捏得精準。每次大手筆，一做就是上百個，不是獨樂樂，是和同事朋友分享；近水樓台的小妹，當然就有口福啦！吃了二姑娘的鳳梨酥，叼嘴得很，什麼台鳳、郭元益、義美，都看不上眼了。

有一次好友來訪，我端出招待。她連吃兩塊後，忍不住問哪一家的？我炫耀了一番。這位好友經常幫忙，因此向二姑娘撒嬌，下次多給我一些鳳梨酥答謝。好友聞聽後，提出小小警告：「你可別偷偷私吞，再買來魚目混珠哦！」為了二姑娘的鳳梨酥，好友不惜以小人之心度君子之腹，這樣的委屈樂於吞忍。

每年回台南娘家時，二姑娘一定大量製作，爹娘、兄姊都得周全。內向寡言的外甥女聞聽，火速騎摩托車前來，當下就吃，還輕聲問：「阿姨，您只在過年做鳳梨酥嗎？」姪女則對她母親宣布：「二姑姑送的鳳梨酥要平均分配。」二姑娘帶回娘家的東西當然還有別的，老媽總是不忍心她破費而碎碎唸，唯獨對鳳梨酥拐彎抹角：「奇怪！怎麼這一味都沒人棄嫌啊？」

每一塊鳳梨酥都是在二姑娘手掌心精心完成。她特別購買印有鳳梨圖案的包裝袋，為金黃色的鳳梨酥穿衣服，繫黃絲帶，然後一排一排放入禮盒，以職業水準的品質和包裝送人。老爹說：「可惜這一張一元的包裝袋，就免了吧！」但我知道那是二姑娘以美感心靈品味生活的藝術，並且將「旺來」（鳳梨的台語）象徵的幸運傳送到我們心底。

•二姑娘的廚藝熱情

聽說充滿愛心者烹調製作的食物，能量超級豐富。我何其有幸與二姊同住台北，她總是會特別為我烘烤鳳梨酥，她說：「身邊這麼多朋友學生照顧你，請姊夫送去一百個鳳梨酥與他們分享。」為了我方便攜帶，幫我準備有封口的長方形小塑膠袋，恰好可裝入兩三塊。幫妹妹答謝人情，這樣細密的心思非常熟悉，正如父親寄送麻豆文旦，都是這樣說的。

我「近水樓台先得月」的豈只是鳳梨酥，上面提到的手工食品，我都曾經大快朵頤。有一次告訴二姊我最愛吃棗泥酥，不久就送來一盒，我很驚喜：「您怎麼也會做棗泥酥？」她聲調飛揚：「只要是妹妹喜歡吃的、想吃的，我都會學做。」聽得我心底一股暖流，才明白二姊以愛兒女的心，愛我這個少小離家的妹妹。我記得二姊最早烘烤的是長條形的又寬又厚的全麥吐司，吃的時候不切片，要用原始野蠻的吃法，手掰一大塊，一口一口咬著吃，才能享受麵包的厚度與彈性。我又撒嬌：好想念哦！二姊語帶傷感：「自從我婆婆過世以後，再也烘烤不出那樣的吐司麵包了。」我不忍細問原因。

二姊細膩的心思以及對廚藝的熱情完全遺傳了雙親。母親特別囑託她要多照顧小妹，做了好吃的食物要送來。就像讀小學一年級時，母親叮囑她下課時要去背我上洗手間，二姊記述：「綿妹雙腳不能站立，必須先扶她爬上書桌，然後自己蹲下，再等綿妹趴在背上。有時，著力點沒支撐好，常常會兩個人一起跌落在地。」一想想她當時才十歲，是不是家中有個重殘的妹妹，促使她提早學習分擔母親的辛勞，懂得照顧軟弱無力的妹妹？

我十二歲離鄉北上求醫求學，姊妹二人極有可能各奔前程，沒有想到她婚嫁擔任國中老師的姊夫，隨之遷調定居台北。於是這個責任從鄉下台南延續到都會台北，莫非冥冥中有一條牢固的絲繩緊繫著姊妹之情？

從童年跨越成年，我們對彼此的了解或有許多空白之處，但是二姊呵護我的本能與情感並未減少，可以排解我的喜怒哀樂，更可以展現無人可及的耐心，長時間以食物支援我度過關鍵時期。撰寫博士論文的時日，二姊經常做好一週的食物，省去我中午做飯時間。為了安定心神而熬煮四神湯，一包一包裝好，解凍加熱即可食用；為了促進腸胃吸收、增加體力，燉一鍋干貝蒸蘿蔔稀飯；有時候一個個便當裝好，加熱即可食用。長達八個月的日子，二姊費盡心思每次變換不同的菜色，如豬腳燉栗子、豆豉苦瓜、荸薺牛肉丸子、豆腐包、碎肉餅、拌干絲、滷蛋、滷豆干、海帶等等。姊夫愛屋及烏，不僅採買二姊設計的菜單及食材，還負責從永和騎摩托車送來。我非常後悔當時沒有記錄二姊所做的美食佳餚，如果像學術論文附錄的參考書目那樣排列出來，你會讚歎一個姊姊竟能將她廚藝的熱情發揮到如此淋漓盡致，不辭辛勞為妹妹灌注如此豐沛的食物能量，然後你會羨慕我多麼幸福。

聽說那一段時間，二姊累積買了七八十本食譜。就在那幾年前後，父親約莫每個月到台北收帳一次，大多留宿二姊家。為父親準備宵夜，姊夫總是費心要買特別的食材讓她作料理，我相信那該是父親很溫馨美好的記憶，從二姊給父親的信中，我讀到她珍藏的幸福：

父親！您知道嗎？我是多麼的懷念，您曾經在我這兒度過的幾個夜晚。……我常常一本書中，只能找到一種餐點，並確定那會是父親您所愛吃的。謝謝您總是讚美我的手藝，給我指導，讓我有機會展示。夜深了！一杯酒，一碗熱湯，我就坐在您的跟前，陪您說話。您的言語並不多，但是能挨著父親靠近，其實已成了我生命中最最珍貴的回憶。

這就是我的二姊，精心烹調的各式料理，為她自己也為家人創造許多快樂。趙老師和我都不知道該如何投桃報李，只能分享農曆年前所做的十香菜，深得二姊家人喜愛，她要求向趙老師學做十香菜，因為女兒最愛。十香菜是江浙人過年必備的素菜，又名「如意菜」，我們在趙老師家傳的基礎上改用十樣菜：黃豆芽、芹菜、胡蘿蔔、冬筍、榨菜、香菇、黑木耳、金針、素鵝肉（取代豆干）、嫩薑。每一樣都要切絲，先乾炒逼出水分，再放油將每一種食材慢慢炒熟，因為食物各有自身的苦甜，所以要分別調味，頗費工夫。二姊參與後，我們事前各自分工準備食材，她總是慨然承擔需要刀工的菜，簡省趙老師的手力。為了減輕不斷翻炒的酸痛，她只要我一旁陪著，負責試吃。一兩個小時我累了，她就下令讓我去臥床二十分鐘，我在房間遙控：「木耳有苦味，要三瓢糖。」過一會兒，她送到床邊直接放入我的嘴裏，我說還有苦味，她經過趙老師身旁悄悄低語：「我故意少放一瓢糖，我妹妹居然吃得出來。」我的聽力不錯，立刻回應：「我姊姊還故意只『拎』一小根木耳絲考驗我的味覺。」一時之間，屋子裏都是笑聲。我一直想告訴二姊，我最喜歡她這個時候的調皮，也最喜歡聽到她開懷奔放的笑聲。

當天晚餐後二姊一定打電話來，聲調昂揚：「孩子們等不到除夕，只好端出一小盤，用筷子分成四份限量供應。」趙老師看不下去這樣省吃儉用，次年達成共識增加分量。於是，趙老師當天主要工作是將每一樣菜平均分配放入三個大鍋，一手長筷、一手鍋鏟慢慢攪勻。二姊帶回一鍋，一鍋我帶回台南老家，另一鍋留在台北分送趙老師親友。我們將象徵

「十全十美、事事如意」的十香菜分送親友，亦如二姊分享鳳梨酥。

•二姑娘的文心彩筆

我常常想，身為老師的二姊，莫非將一天當作四十八個小時使用，否則為何有時間可以學得這十八般廚藝？婚後生活，上有老下有小，每天下班在一個小時之內做好四菜一湯的晚餐，還要準備第二天中午的便當。孝順的姊夫每天中午從學校趕回家蒸便當，照顧失智的母親用餐。二姊追憶：

自我嫁入彭家為人婦、為人媳、為人母，婆婆即失智，她只有一隻眼睛，視力接近零，生活只是吃、喝、拉、撒、睡，有長達十年的歲月，我們在與一個如嬰幼兒一般智力的大人生活，我不曾怨嘆，我知道這就是生活，必須認份，並歡喜接受，因為沒有她四十六歲生子，我的身、心、靈，至今只有流浪一途。

心懷悲憫的二姊全然接納照顧婆婆的責任與義務，她謹遵家母的叮嚀：「要好好孝順老人家，將來她才會好好地走。」我從沒有聽過她的怨尤，只有起初聽她說過，每天面對婆婆兩三小時無意識的謾罵，已經學會一耳進一耳出，同時經由閱讀安頓自己。一個三十餘歲初為人妻的女性涵養「定靜」的工夫，難道是上天讓她學習「動心忍性」的功課？

一向具有文學造詣的二姊以閱讀與寫作為窗口，該是最合乎她的本性與智慧。透過閱讀食譜，進而實際製作，自修學會十八般廚藝，進而獲得許多食品營養知識，所以知道該給成長中的兒女，以及案牘勞形的妹妹補充最合適的食物。經由大量閱讀各種書籍及筆記，精神生活得到豐富的滋養。她用電腦寫入閱讀筆記長達三十萬字。我往往需要憑藉「他度」的助力，二姊憑藉各類書籍文字轉識成智的「自度」境界，則是我望塵莫及。

同時，她也將閱讀心得傳遞給小學生。有一年參觀「橘園美術世紀風華珍藏展」，欣賞大師塞尚、莫內、雷諾瓦、畢卡索等人的藝術饗宴。報章連載蔣勳「世紀風華印象鑑賞」專欄，二姊每天剪報貼在稿紙上，用鋼筆書寫她的感懷，例如蘇汀的畫作〈火雞〉是表達生命污穢的底層，二姊寫道：

> 生命不是只有美、優雅、希望，生命也有醜陋、鄙俗，乃至於沉鬱蒼涼。我們面對真實人生，不論以哪一種方式呈現，都是美學的表現，我們必須誠實的面對，才可能接近完整的人生。

她將剪報和感懷影印給學生帶回去與家長分享，提供一種對美的體驗：「曾經在哪個地方感覺到速度？感覺到陽光的瞬息萬變？感覺到天高水長？而這些都是美，都是創意。能否回到自己，也給自己的心情一些愉悅，一些永遠的風和日麗？」最左邊留有一欄空白，是讓學生或家長書寫簡單的回應。這個專欄長達七十七天，沒有間斷。

突破小學生抄寫課文、錯字重寫十行的作業形式，另以藝術美學的心靈陶冶小朋友，表現她獨特的互動方式。二姊將閱讀寫作引入教學的能力，來自她不斷自我涵養的文心與彩筆，充分實踐她在大學中文系接受的薰陶訓練及其與生俱來對中國文學的熱愛。她一直勤於筆耕，常有文章刊登於報紙，聽說累積創作的字數已有三、四十萬字，相當驚人；期盼彙整出刊，是她年輕時代至今不曾停歇的夢想。

長期以來，二姊以文心彩筆建築她內心深處蜿蜒綿長的萬里長城，不只守護她的心靈，也守護她的家人，包括年事已高的雙親。家母獲得台南縣模範母親，父親獲得長青楷模和台南縣好人好事代表，都是二姊親筆撰寫文稿，成為父親全心依賴的秘書長。當然，守護小妹的心亦不曾休止，每當我手術或急診住院，二姊都前來陪伴照顧。二姊曾經做過一個夢，場景是一個隱蔽的山洞，我蹲在地上為一個流血的人擦拭傷口，她在洞外為我守護。我解讀這個夢境是：不論我處在任何緊急危難的情況，她都會盡心盡力保護我的平安。

若干年前，她旅遊洛磯山脈的途中，買回北美印第安人製作的捕夢網（Dream Catcher，又名織夢網），送給我時附上一句意義深長的話：「織夢網的故事最適合說給惠綿聽。」捕夢網源於美加原住民世代相傳的故事，它以柔軟的橡樹與柳木枝椏圈出環狀，再用麻繩編織成網，並以綠松石、銀、白骨或珠母和一只箭頭裝飾，分別象徵著生命、財富、純潔與毅力。捕夢網如其名，網住人的夢想與憧憬，同時也能使非夢想的部分穿網而逝；當希望與夢想達成後，捕夢網也會被加諸更多的飾物，好似綴滿小飾物的手鍊一般。又聽說將織夢網掛在床前，可以保護睡夢中的孩子，免於噩夢的侵擾。織夢網彷彿是母親的化身，而二姊替代母親守護妹妹一夜安寧的情意，盡在不言中。

二姊以家庭為生命圓心，這是她甘之如飴的抉擇。滔滔塵世，她的存在獨一無二，任何人皆不能比擬，亦無可取代。儘管她的人際網絡並不熱鬧，但是她的文心彩筆、擅長的十八般廚藝，及其對家人散發出的光亮，可以約略勾勒一位「遺世獨立」的二姑娘。

——二〇〇九年九月五日

卷二

愛在行止坐臥間

師長篇

三十七年悠悠歲月，趙老師的愛在行止坐臥之間；
這跨越骨肉血緣的相親相愛，
見證世間相知相惜、不離不棄的深情。

愛在行止坐臥間

年少往事多已模糊，唯獨那張信箋猶如鋼刻，字字刻印在我心版上：「等待家人寄來冬衣之際，長袖卡其制服和毛衣各一件暫且禦寒，希望妳不要推辭。老師願意幫助妳，從現在直到長大獨立。」一對重度肢障匍匐十二年剛剛學會拄杖行走的女孩，這巨大的願念，重於泰山……。

一九七二年，遠赴台北振興復健醫學中心接受矯治，成為趙國瑞老師的學生。因水土不服，經常感染風寒，高燒臥病。有天回宿舍，衣櫃中赫然看到一包衣物，信箋安放其中。方正端整筆力遒勁的字跡，蘊含無限寬廣極致溫柔的慈悲心懷。彼時茫茫人海不知航向，趙老師從此成為守護我一生的燈塔。

如果說「執子之手，與爾偕老」的夫妻之愛，化約到生活是柴米油鹽；那麼，這亦師亦母的情緣，落實到生活就是行止坐臥吧！

‧星期二的晚餐

有時覺得生活的重複，就像希臘神話中的薛西佛斯推石頭一樣；但驀然回首，驚覺到原來能維持平凡規律，竟然也是一種天價的奢侈，一種昂貴的幸福。就像是每星期二的晚餐吧！我不食山珍海味，不吃米飯麵條，不用清粥小菜，不須戒葷吃素；只需一碗菜肉餛飩湯加燙兩根青江菜。這晚餐看似簡單，還須天時地利人和。首先，必須在每星期六、日買到住家附近傳統市場的攤位——譚太太親手包製的餛飩；此外，當天下午趙老師幾乎不安排任何活動，以便能及時為我煮出餛飩湯。

為什麼非吃餛飩湯不可？請別套用「唯女子與小人難養也」。因為週二晚上我得在六點鐘出門上課，這一天大多排除他務，忙著課前準備。總是在五點左右傳來熟悉的呼喚：「來吃熱騰騰的餛飩湯哦！」有時我良心不安，故作諂媚：「吃慣了趙家餛飩湯，別家都不吃了。」只要看到餛飩湯臥個蛋或加兩粒鍾愛的貢丸，便滿足地說：「好豐富哦！」趙老師微笑說：「是呀！皇帝怎能差遣餓兵上戰場呢？」

有一天趙老師特意陪坐在旁，認真地問：「今天的菜肉餛飩有什麼不一樣？」吳興街譚太太餛飩鹹淡相宜且餡兒飽滿，早已是品質保證。趙老師見我滿臉狐疑，揭開謎底：「這餛飩是我包的。」我一口餛飩正含在嘴裡，口齒不清、睜大眼睛：「為什麼？」「生意蕭條，譚太太的攤販不見了。吃湯麵你不愛，吃米粉不消化，吃便當太油膩，吃稀飯容易餓，提早做菜吃飯又讓你不安。想來想去，既然一時買不到餛飩，昨天趁你上課一天包製的，這可是我生平第一次包餛飩呢！」一番雲淡風輕之話語，聽得我無言以對，只能將那碗和著淚水的餛飩湯，喝下。

猛然驚覺，每星期二以餛飩湯為晚餐竟有八年之久。這樣平凡規律的晚餐卻在經濟不景氣的世局中發生了變化；然而不變的是趙老師「造次必於是、顛沛必於是」的慈母情懷。

•ㄋㄟ ㄋㄟ補給站

有一天，趙老師彷彿發現新大陸，興高采烈的聲調自大門傳進來：「快來試吃我新買的餅乾，保證你吃了不會拉肚子。」她迫不及待拿到面前：「瞧！多創意的名字，要用念的喲！」我充滿疑惑，一字一字照念：「ㄋㄟ ㄋㄟ補給站」，突然覺得被騙，「ㄋㄟ ㄋㄟ」出自一個四十歲女人的聲口，多害羞呀！這標示著「每包三片含一〇〇C.C.牛奶鈣質成分與一〇〇克芹菜之膳食纖維成分」的餅乾，果然香脆可口、不甜不膩，而且吃後竟然腸胃平安無事。一個對牛奶過敏，患有胃潰瘍，必須少量多餐，懼肥怕胖，又得經常深夜埋首教學研究的人，如何止飢止痛又減少熱量，確實是趙老師一大煩惱，因此尋購各種鹹餅乾成為她的快樂之一。就這樣，ㄋㄟ ㄋㄟ成為「三千寵愛在一身」的糧食補給。

不久，為夜間部中文系學生訂票看戲，班長收票款不知怎地竟多出近百元。我靈機一動貼補百餘元，下課到福利社購買一大盒ㄋㄟ ㄋㄟ補給站，不論是否訂票，每人一包當做下課點心。我敘述餅乾的來由，話及趙老師的鍾愛，言語之間，幸福洋溢。學生們吃將起來，個個臉上蕩漾出童稚的笑顏，一掃夜間上課的疲勞，精神抖擻。沒想到一小包ㄋㄟ ㄋㄟ餅乾能適時為學生補充一些精神體力，那一刻，我竟有當母親的錯覺。

一年後，有天晚上下課，在教室外摩托車上赫然發現一大盒ㄋㄟ ㄋㄟ補給站，卡片上寫著：「老師！去年吃的ㄋㄟ ㄋㄟ餅乾，至今唇齒留香。請分享給您那可敬又可愛的趙老師！敬祝母親節快樂！」

剎那間，「ㄋㄟ ㄋㄟ」的意象交融成暖暖的生命之泉，彷彿豐沛營養的奶水，滋潤了我課後的乾澀與疲累。恰似嬰兒吮乳般，喜悅而滿足。

‧歡言笑語

我做任何事情，趙老師總是讚許，突然感覺非常不真實：「哪有人樣樣都好？這是不是『盲目』的愛？」趙老師立即還以顏色：「天下有這等事？讚美人還被說成是『盲目』？是呀！三十幾年來，早該看眼科囉！」我啞口無言。趙老師得理不饒人：「你的好朋友和一群學生也都該去看眼科，那一家診所想必門庭若市。」我從此不敢造次。

近兩三年，我進行跨領域的學術研究，敦請語言學教授何大安老師擔任專家諮詢，趙老師說：「能聆聽何老師博大精深的學問，妳多有福氣！」我借用這句話向何老師表達感謝，何老師言簡意賅回覆：「趙老師愛屋及烏，愧不敢當。」當我內心輕飄飄陶醉自以為是「華屋」時，趙老師冷不防抛來一句：「妳是烏鴉。」我哈哈大笑。溫和仁厚的何老師後來給我一個高高的台階：「原來妳生肖屬烏鴉，具有語言學證明，合當昭告天下。」天底下該沒有一隻烏鴉像我這樣甘心如此開懷吧！

當我這隻烏鴉喊叫得很疲累時，不禁發出疑惑的怨聲：「我前世究竟與明代沈爺爺是什麼關係？為什麼要這麼勞心費神為他作箋注？」趙老師開始編故事：「好幾世好幾世之前，妳是沈爺爺的書僮，一旁磨墨時，總是愛問沈爺爺《度曲須知》寫些什麼？沈爺爺說，妳不懂，得要讀好幾輩子的書才可能看得懂。今世妳雖有企圖心想讀懂，誰知妳大半不懂，仍然得請何老師指導。我同情何老師，被妳牽累，只好為沈爺爺收容妳這麼老的學生……。」

我經常聽趙老師說故事，由於工作繁重，我幾乎沒有時間看電視。她每次看到精彩的韓日劇，都會利用吃飯的時候，或是睡前到我床邊，敘說引人入勝的劇情。話說劇中有人問糕餅店師父：「你已經有一位得到真傳而且手藝高妙的傳人，為何還要再收一個門徒？」師父答非所問：「你知道如何分辨寶石嗎？就是把真假寶石放在一起。」忽然，趙老師離開劇中故事延伸新意：「如果你是一顆真寶石，別人有時也不太願意常常讓你出現。」我故作嬌嗔：「請問這是在讚美我嗎？好曲折哦！」趙老師笑而不答，我又造次了：「這樣說是不是自欺欺人哪？」趙老師也惱了：「是哦！我既盲目又自欺欺人，真是百病叢生！」

這樣的對話，倘若被齊邦媛老師聽到，一定會再說一次：「妳閉嘴，沒有趙老師哪有妳？」而我這樣不知輕重，可以套句曾師永義的話：「忤逆弟子，推出午門，再抱回來。」

•小年夜迎鼠年

趙老師與我生日相距十天，年齡相差兩輪，生肖屬鼠。十二生肖動物，論體形，老鼠最小；論體力，鼠遠不及牛的強壯、虎的威猛、龍的神力、馬的騰躍；論特質，又不如牛的踏實、兔的善良、馬的勤奮、羊的溫順、豬的實在、雞的守時；論智慧，猴的靈巧、狗的聰慧，都在老鼠之上；比起蛇的狠毒，鼠也瞠乎其後。逢到鼠年，我洩氣地說：「除了位居生肖之首，我們兩隻老鼠實在乏善可陳。」趙老師不以為然：「我們是生在春節的老鼠，不會餓死，夠幸運了。」

有天朋友來電，話及生活不如意，引發她解說紫微斗數的興致：「從八字命盤來看，妳是梁上老鼠，戒慎恐懼，居高臨下，最安全也最孤獨。」莫說這是無稽之談，倒是貼切我行路人間如履薄冰、狷介不阿的寫照，頗有寬慰效果。我再問趙老師的「鼠性」，朋友興致勃勃：「趙老師是田間老鼠，取食田園阡陌，不會大富大貴，但豐衣足食，自得自在。」趙老師生性自由灑脫，聽後開懷笑曰：「深得吾心。」從此，我們以鼠為榮，沾沾自喜。

過年前十天，簡媜來訪，她那小學六年級的兒子小姚進門就來句吉祥話：「祝趙姨婆和惠綿阿姨『處處如意』！」他特別註解「處處」是「鼠鼠」台語的讀音。我問：「何不用『事事如意』呢？」小姚一本正經：「鼠年要到了，可是老鼠的成語都不好聽呀！譬如抱頭鼠竄、獐頭鼠目、過街之鼠人人喊打……。」我趕忙止住：「親愛的小朋友！本寶地是鼠窩，你這不是太歲頭上動土嗎？」簡媜撫摸兒子的大頭笑呵呵：「這一隻也是老鼠哩！」趙老師隨機問：「你希望做一隻什麼樣的老鼠？」小姚毫不遲疑：「財神鼠！」趙老師回應：「你的金庫就有用不完的金銀財寶囉！」一時之間，笑聲洋溢。

這一年，我因身體不適無法返鄉過年，照美姊母子和簡媜特來陪我過小年夜，安慰傷病的遊子。照美姊離開出版社後，遊藝於美食料理，一雙巧手如行雲流水，小年夜豐盛的宴席是她主廚，帶來歡樂。飯後的驚喜是趙老師賞給每個人壓歲錢，紅包上給照美姊的題字：「願你是隻倉鼠，盡情地烹煮，取之不盡，用之不竭，一輩子享受美食，朋友們分享你的快樂。」給照美姊兒子黃玠的題字：「願你是隻松鼠，在五線譜之間盡情地跳躍，快樂地飛騰！」黃玠大學畢業後，投入音樂創作，編寫詞曲，自彈自唱，志在成為名歌手。誦讀趙老師的祝福，俊逸的臉龐散發篤定自信的光彩。簡媜是當今名散文家，筆耕於文學花園，二十餘年不曾間斷，從自我抒情、尋根之旅、社會批判、旅遊教育，創作主題變化出新，文字風格臻於「豪華落盡見真淳」。趙老師的題字更富意趣：「願你是太空飛鼠，穿越文字空間，隨心所欲自由飛行，帶給人們心靈的快樂與希望。」對我的祝福也出人意表：「願你是隻田鼠，有田有地有食物，健康富足一生，快樂幸福到老。」想是不忍見我獨棲梁上，遂將田鼠的願念與我分享吧！「趙老師還是田鼠嗎？」她沉吟：「願是一隻山鼠。」我祝福熱愛自然嚮往旅遊的趙老師：五嶽山川，任您遨遊！

鼠年將至的小年夜，妙思慧智的趙老師，重新打造鼠的語言符號，賦予它美麗的生命圖象。

‧春之使者

客廳有一大片落地窗，窗外是長約三公尺的半圓形陽台。因為坐輪椅，受限於門檻，陽台是我生活中絕跡之處。任憑春秋更迭，我極少對它投以關懷的眼神。

沿著落地窗擺設沙發，旁邊放置一張圓形藤製茶几。在玻璃透明的桌面和藤條交錯編織的桌底，各擺飾一盆泥土和水養的黃金葛。陽光從落地窗灑入，讓兩盆綠葉盎然、飛揚怒放的黃金葛，呈現上下交相映的光影搖曳。

每天上午趙老師喜歡坐在茶几旁的沙發，憑藉窗外天光悠閒地讀書看報。陽光斜照時，且任自己沐浴其中，不知時間流逝。

有天我從書房出來，只見趙老師側身而坐，靜靜欣賞陽台，她欣然向我邀約：「過來看看陽台上的花，今年特別茂盛哦！」於是我的眼光順著她的導覽：紫色的馬櫻丹，鵝黃色的迎春花，紅白相交的玫瑰杜鵑，橘紅色的非洲鳳仙，粉紅色的日日春。不可思議的是十二月的聖誕紅猶然盛開，顏色不改。還有如蘭花形狀的紫牡丹，已開了兩三朵，其餘都在花枝上含苞待放。說著看著，翩翩飛來成雙小蝴蝶，輕盈款款地在花間飄舞。

整個冬天，我自私地沉浸在自己挫傷的心緒，無心關注陽台花園，不知春神已經叩門。我只要將輪椅靠近落地窗，就可以觀賞到春天的圖像，聆聽春天的聲音，探觸春天的光度，撫摸春天的容顏。但我竟無視於趙老師的叮嚀呼喚，任性放縱自己的悲情。

原來姹紫嫣紅的春天，不必在青山郊外，不必在陽明山上，不必在豪華別墅的亭林苑囿，就在我們家方寸之地的陽台。原來良辰美景、賞心樂事不必在別家庭院，就在趙老師蒔花弄草、播種耕耘的花園。

十二歲離鄉背井的年歲，心靈生命枯乏，猶如缺乏陽光滋潤、水分灌溉的小樹，是趙老師憑藉一雙「綠手」細心栽培，讓我重拾生機，將我安置在璀璨的花園。她是春之使者。

• 借我手足

我出門上班上課，趙老師為我提抱厚重的書包陪著下樓，幫我扶穩拐杖支撐我下台階，助我一臂之力坐上三輪摩托車。風雨的日子，一手撐傘一手幫我穿雨衣；雨傘斜夾在頸肩之間，空出雙手用塑膠袋裹住書包，放入車前置物籃內，以免淋溼。回家時按不到電鈴，怎麼辦？趙老師說：「連按三聲喇叭，當作暗號。」返家時間不確定，但是趙老師從五樓聞聲而來幾乎不曾遲延。難免誤聽他人的喇叭聲，下樓不見人影。我這才明白「誤幾回，天際識歸舟」的牽繫。日復一日，每個動作純熟，不需陳述。原來，愛可以達到不需語言的境界。

在研究室無法從書櫃取書放到桌上，趙老師上街買回高九十公分寬三十公分的小推車，笑盈盈：「用這小推車運書吧！」無法取用研究室之外的飲水機，這回買來小學生遠足用的塑膠水壺，笑吟吟：「裝上涼水後，瓶口蓋緊，斜背身後，水不會溢出，再倒入熱水瓶沸騰，有熱水可喝啦！」在外不能隨時支援，必須給我不同的輔助器具，在家呢？有次朋友突然問：「可以冒昧問妳怎麼拿衣服嗎？」大哉問！解除身上六公斤的背架支架便無法站立，衣櫃對我真是高高在上呀！「趙老師給我晒衣竹竿，她說，獨立好強的人不喜歡隨時請求別人做每一件事。」因此我很神氣地回答：「坐在和室床上，我自己取掛衣服。」

趙老師從我開始拄杖行路的時間點切入我的人生。我們都沒有預料到，長期過度支撐拐杖造成腕隧道關節炎；而小兒痲痺後症候群浮現，右手也逐漸萎縮。迫於情勢，不得不開啟全然的輪椅生涯。電動輪椅出門倍加艱難，面對大門三個台階，工讀生不能前來時，必須依賴趙老師操作三十公斤的油壓升降梯或鋪排兩條斜坡軌道。她總是對家人朋友宣布：「每週有三天不能安排活動，我要支援惠綿外出上課。」齊邦媛老師形容：「母親就像被繫綁絲繩的麻雀。」然則，沒有血緣關係的趙老師，卻也能無怨無悔。

手腕手術後只能坐便盆輪椅淋浴，搆不到水龍頭，頗為懊惱。翌日清晨，趙老師笑呵呵走近身旁：「想了一晚，終於想到有樣東西可以讓妳開關水龍頭。」說完從身後亮出一把木頭鍋鏟，兩人相視大笑。

趙老師每天多出的工作之一就是擦拭便盆輪椅以免生銹，隨之擦乾地板以免溼滑。日久，我說出沮喪之語，趙老師雲淡風輕回答：「現在為妳做這些只是舉手之勞，有一天我做不動了，妳可以請外勞。但是如果妳逞強再度受傷害，我到哪兒為妳換一雙手？」說到「換一雙手」聲調有點兒哽咽，我看著她蹲地擦拭的背影，忽然抬起手臂擦拭額頭鬢角，我不知道擦拭的是汗水或是眼淚？神奇的醫學，可以換肝換腎換心換眼角膜，但是換不了手足。在行止坐臥之間，趙老師處處流露「行到水窮處，坐看雲起時」的瀟灑自如；教導我面對無奈的命運，學會謙卑與釋放……。

當年一句「幫助妳從現在直到長大獨立」，驚天地而泣鬼神。豪情壯志許下承諾的背後，沒有權勢富貴，只有汗水眼淚。而千斤重擔的承諾，必須一筆一畫地勾勒，一磚一瓦地構築。三十七年悠悠歲月，趙老師的愛在行止坐臥之間；這跨越骨肉血緣的相親相愛，見證世間相知相惜、不離不棄的深情。

一堂課・一炬火・一世情

・一堂課

一九八四年秋天，我輕聲低吟「風蕭蕭兮易水寒」，卻不敢高唱「壯士一去兮必復返」，因為我即將進入台大醫院接受兩次脊椎側彎矯正的手術。九月下旬，碩士一年級新生開學不久，我得向講授「高級英文」課程的齊邦媛老師請假。那天上午，打聽齊老師正在文學院二樓會議室演講，雖然上樓對我是非常艱辛的行動，但我堅持親自到會議室外面等候。這苦力的攀登，彷彿是生命之中一種因緣牽繫的尋訪。我告訴老師，十月九日將要進行重大手術，必須休學一年，調養復健。這位外文系的老師，對我的身體狀況或許尚不知悉，但眼神之中卻流露母性的溫柔慈悲：「妳好好的，明年回來上課。」我不敢轉述醫生的話，手術成功的機率是一半，倘若失敗，可能是死亡或癱瘓。彼時對生死存亡茫然未知，但是一句

「明年回來上課」，成為一種「約定」與「祝福」的力量，我含淚點頭。

我如約回到課堂上，卻不見這位為中文系與歷史系研究所開設「高級英文」已經長達十餘年，文史門生桃李天下的名師。驚聞齊老師開學前遭遇飛來橫禍，在師大人行道上等候計程車時，一位闖紅燈的摩托車騎士被汽車攔腰撞上，霎時解體的機車零件從半空中飛落，擊中她離動脈只有一吋的右肩，左腳骨折碎裂，倒地時頭部臥在那騎士軟軟的破鞋上。當我到三總醫院探望老師時，聽聞這段描述令人驚魂不已。去年之約言猶在耳，誰想到，師生各自從鬼門關走了一回。

齊老師的一場變故，讓我重回校園卻無緣再度親炙，不能傾聽老師課堂上導讀西方經典名著，是求學生涯中的最大遺憾。三年後老師提前退休，寫了〈一生中的一天〉，描述退休前最後一天上課的情境；而我成為齊老師講堂上的學生僅在開學第一週，似亦可模擬語句，以「一生中的一堂課」形容這擦肩而過的師生關係。

也許正因為這場意外，使我們有一段輪椅歲月的共同經驗，因而可以在當時互訴同情共感的病痛，延續「一堂課」的師生情緣。我順利升等教授之後的二〇〇三年春天，老師送我一張卡片，寫著：

恭賀妳事業人生跨出這一大步，盼望妳在安定的心情下，今後健康穩定，心情愉悅。真不容易啊！妳比太多人都有毅力，因此妳應有後福。我時常以妳為自勵榜樣，時常為妳祝福。

師生各自忙碌，難得相見，但是這樣的賞愛與祝福，總是流露在偶爾通話和偶然相聚之中，貫串二十年悠長歲月。這張卡片隨著一份禮物贈送，是老師幾年前過境哥本哈根機場，在機場繞了好幾圈好幾圈之後，登機前購買的人魚公主。陶瓷材質，光滑細緻，晶瑩光亮，足以把玩。細長綿密的頭髮從耳鬢兩旁束在背後，從頭髮到雙腿，一身乳白，全身赤體，雙腳仍是展開的魚尾，側身斜坐在水藍色的大石頭上。這個造型設計應是取材人魚公主求助女巫之後，游到王子的王宮，上岸坐在宮前大理石上的情節。為了她曾搭救而鍾情不忘的王子，為了得到那少年王子的愛戀，並且得到一個不朽的靈魂，人魚公主願意喝下火熱刺痛的藥水，讓尾巴分縮成人類的雙腳，每走一步路猶如走在一把銳利的刀子上；她甚至也情願承受割去舌頭失去聲音等等種種椎心刺骨之痛。女巫許諾公主仍保有輕盈的步伐、美麗的身材以及美目盼兮的雙眼，難怪齊老師寫著：「實在忘不了她臉上的憧憬與展望。」果然是真善美的化身。為了讓人魚公主不孤單，搭配贈送北歐陶瓷藝品——一隻藍首、白腹、褐背、藍尾，靜態棲息、栩栩如生的小鳥，說是放在案頭上，可與人魚公主作伴。

賜贈這份禮物時，齊老師已經年近八十，她說：「到了這個年紀，該捨的都捨了，這是我最鍾愛的人魚公主，送給惠綿留作紀念。」不知怎地，這字字句句都讓我百感交集。人魚公主苦尋愛情與靈魂的意志，小鳥自由飛翔的心靈，對我都是一種期許的象徵。懷想老師浪漫赤子的情懷，蘊藏無限的慈悲。

我逐漸印證，那「一生中的一堂課」，似乎不是「高級英文」課程的開學導論，而是生命中的「一炬火」。

・一炬火

二〇〇五年初冬，我忙著校對九歌健行文化增訂新版《用手走路的人》，不知怎地，一直浮現齊老師的聲音與身影。她已經離開台北，深居養生文化村，心中總是繫念。這回，我想向學術和文學卓然成家的齊老師請託一篇序文，可是我瞻前顧後，不忍驚動。

校對工作必須完成的前夕，本該專心致志，但我卻心神不定，也許是重看這些用眼淚編寫的篇章而觸發傷情，乃至陷入幽暗之境，我知道自己需要「借火」。打電話給齊老師，開場白是問候語：「老師！您都好嗎？」電話一端傳來輕輕淡淡的笑聲，像是回答又不像答案，從從容容地述說：

我現在覺得生命像是月落烏啼霜滿天，這種感覺不分年齡吧！可是我未必看得到「江楓」，我也不喜歡「漁火」，茫茫江上，一艘舟船，一個漁夫，太孤寂了。所以只要內心有「燈火」，就可以活得很好。

就以唐代張繼〈楓橋夜泊〉「月落烏啼霜滿天，江楓漁火對愁眠」的詩句為起點，老師追憶當年在武漢大學外文系，吳宓先生用毛筆在她的論文大綱另加一句眉批：「佛曰：愛如一炬之火，萬火引之，其火如故。」老師流露一貫溫潤寧靜的語調：「那時我才二十一歲，指導教授題贈的文句竟成為往後一甲子以上的生命箴言，想想這是多麼幸福的事啊！」

一番追憶，引我汗顏，步入中年的我，至今猶然一路相借燈火，渾然不知那愛己愛人、不滅不熄的火炬就在心中。我向老師告白，語調黯然。老師不問我何事感慨，只是旁敲側擊：「惠綿！你真不容易的。我們身體小，小火就已足夠，只要風雨不大，還是可以燃燒得很好。」暮鼓晨鐘之語，猶如法師對懵懂弟子的大開大悟，我不敢放聲痛哭，深恐驚嚇靜居的老師，強忍內心澎湃洶湧，頻頻叩謝：「老師！我懂了！我找到燈火了……」

我將這些話語整理成短文，經由老師口述潤飾，小品文〈愛如一炬之火〉因而誕生。是我不情之請，懇託老師將這篇文字送我，放在《用手走路的人》卷首。不是當作推薦序，而是一位拜識二十餘年師長的薪火相傳，那是愛的叮嚀。

感謝智慧深情的齊老師，賜我如是的光亮！我不知道，這一切是否冥冥之中早已牽引？「一炬火」竟點燃了「一世情」。

・一世情

二〇〇六年農曆年後，邀請齊老師到我們家喝春酒，席中還有柯慶明老師、張淑香老師。我讀博士班之後，聞聽齊老師與柯家極為親近，而慶明師、淑香師又視我如自家人，我們偶然的聚會大都是柯老師安排。更萬萬想不到，我與齊老師的生日竟然都在元宵節。這次主題是為齊老師慶生，同時請來摯友簡媜、魏可風，特別商請我們的拜把姊妹黃照美女士，設計烹調幾道適合齊老師牙口的菜，包括洋芋球、東坡肉、肥腸煲、百菇燴獅子頭、酸白菜海鮮鍋以及甜點椰漿西米露等，賓主盡歡。我坐在齊老師旁邊，趁著各自交談之時，悄悄問老師：「修改口述歷史，進行得如何？」

齊老師接受中研院歐美所單德興教授「口述歷史」計畫，自二〇〇二年十月至二〇〇三年十二月，前後十七次，整理出十七章。我所以知道這件事，是在二〇〇五年春天，她急診住院。彼時她尚未住進長庚養生文化村，我到醫院探望時，她從皮包拿出第一章十幾頁打字稿，告訴我正在潤稿口述歷史，修改字跡密密麻麻，增補刪改的線條穿梭其中，難以辨讀。我想：「好大的工程啊！」而老師病中，仍繼續修稿。

沒想到，這一天前來歡聚，仍然隨身攜帶。我驚訝不已，事隔一年還是第一章，心想：「完稿之日欲待何時？」第二天我打電話鄭重請託簡媜，決定一起協助老師。對我而言，簡媜一諾千金，重於泰山；如果沒有她的豪氣干雲，我絕無獨力承擔這件大事的勇氣。我不相信人間存在永恆的世情，但是姊妹情深近三十年之後，攜手留下這一段珍貴的記憶，或許是生命至交的一種永恆吧！

一位讀小學二年級的孩子問：「你走路這麼辛苦，為什麼還要讀書？」我毫不遲疑回答：「因為要獨立養活自己。」這個想法從孩童時代延續至今。在攀登學術山峰過程中，步步艱難，我也常問自己，所為何來？我仍然可以給自己很明確的理由：「實現自我」。在莊嚴的學術殿堂，我如臨深淵，如履薄冰，一直以崇敬肅穆的心情，堅持完成每一階段的學術旅程。每一件事，我都有高度的自覺和理由，可是唯獨幫老師整理口述歷史這件事，我完全說不出任何理由。換言之，我沒法回答自己，或回答任何人，我為什麼要做這件事？似乎，任何一個說得出口的理由，都會變成形而下。似乎，略微懂得「不落言詮」的意境。

二〇〇六年四月，我先著手口述歷史原始電子檔案的重整工作。老師有感於口述文稿凌亂無章，文學情韻不足，決定逐章重寫。三、四個月後，她時時感到力不從心，在案頭紙箋寫下這段祈求：

主啊！求你再給我一點時間，讓我說完他們的故事，那烈火燒遍的土地，爺爺、奶奶、爸爸、媽媽、大飛，和烽火旁的軍人，風雪中的學生，和他們後面追趕的我，請你讓他們在我筆下活著。

當老師如是祈禱時，何嘗不也是我的祈禱？整理口述檔案過程中，許多夜晚，帶著老師的過往，那氣魄恢弘的格局，那堅持理想主義的精神，一起入夢。臨睡前，我也這樣祈求上天：「請給我健康、智慧、體力、耐力，讓我幫齊老師將他們的故事說完。」當我全神貫注進行時，可以忘懷許多痛苦，即使前一晚上因為某些事傷心哭泣，第二天起床，依然開啟電腦，渾然忘記昨晚的眼淚……。

逐漸發現，這件事變成生活一個重大目標，它來自老師沛然莫之能禦的意志，來自老師可歌可泣的生命故事。如果老師覺得，因為我們的參與，讓老師不孤單；同樣的，老師的意志何嘗不也是回過來支撐我們。每次與老師通電話時，總是請她務必善自珍重，寫完最艱難的前三章，然後將息一番，繼續攀登。老師要挺著，我們一定要共同看到這本書誕生。

二〇〇九年三月底，齊老師終於一字一句親筆完成，書名《巨流河》，隨之拍板敲定。寄來最後一章時，附上藍色紙箋：

> 第十一章初（粗）稿寄上，交在你和簡媜手中，心上，腦裡。請磨它，剪它，重整它，一切拜託……。我能繳稿至The End，也不負你們對我的愛與信心。

這位自幼痴心文學、學貫中西的文壇耆宿，總是用這樣謙懷懇切、鄭重相託的語言文字，我油然而生的是無限崇敬之心與萬分不忍之情。這位對理想生死不渝，經常用最響亮的聲音將台灣與文學帶到世界各地的大師，終於將「他們的故事」寫完了。整理文稿過程中，感謝台大外交系鍾麗卿和中文系趙偵宇兩位同學，協助查證資料，順利完成大事。

《巨流河》出版日期刻意挑選七月七日，誌念史稱的「七七事變」，對日抗戰紀念日意味中國近代苦難的開端。齊老師以漂流的生命為圓心，擴及歷史傷痕、家族遷徙、風雨台灣，完成一部氣勢磅礴的敘事文學，以汪洋閎肆兼具深情綿密之筆，見證血淚苦難的二十世紀。閱讀書序第一行：「巨流河是清代稱呼遼河的名字，她是中國七大江河之一，遼寧百姓的母親河……。」霎時，腦海中立刻出現一幅縱貫古今的巨河，眼淚奪眶而出，繼而隨《巨流河》故事而哭，哭家國世變，哭政權崩離，哭文化浩劫，哭菁英凋零、哭同窗死別，哭殉國英靈，……。

當年齊老師的指導教授吳宓先生題贈「愛如一炬之火」時，他說，「愛」不是一兩個人的事，要有一種超越塵俗和悲憫同情的愛。齊老師終身熱愛根生的家國原鄉、鍾愛耕耘的台灣土地、深愛傳播的台灣文學，晚年以波瀾壯闊的氣魄胸懷完成《巨流河》，用一甲子以上的歲月，實踐一炬之火的大愛。八十餘歲高齡，竭盡心力燃燒生命熱火，那熊熊火焰將永恆照亮歷史文學的巨流；縱使「浪淘盡，千古風流人物」，但此書不廢江河萬古流。

我終於明白，必須延續一堂課的因緣，隨著老師溯游過去的生命巨流，方能懂得一炬之火的大悲大愛。師生二十五年來無法「言詮」的情緣，彷彿前世已是相知，今生再續。在巨流河的此岸，我們有幸結緣一世情。

——二〇〇九年四月十八日初稿，八月一日修訂

童顏黑髮的祕方

王叔岷老師，是學術界的耆宿，畢生鑽研古籍斠證；是台大中文系永遠的榮譽教授；是中央研究院史語所兼任研究員；是二十世紀末行政院頒發文化獎的得主。這些耀眼的光環也許令人覺得仰之彌高，那麼換個角度說吧！老師還是個用古典詩歌記錄生活的人，寫有千首詩篇。這彷彿從樸實厚重的學者，搖身一變成為浪漫空靈的詩人。更令人驚異的是這位八十八歲的學者詩人，不只擁有純然無爭的童顏，甚至擁有一頭「黑髮」——不曾染髮不曾服用任何特製食物藥品的黑髮，這奇蹟足以羨煞眾人！

莊子形容寡欲清虛、不與世俗爭名奪利之人「行年七十而猶有嬰兒之色」，老師的童顏顯然是積累數十年修為而保有；可是「高臺明鏡悲白髮，朝如青絲暮成雪」卻是千古不變的定理，為什麼不曾藉助人為外力而可以黑髮常駐？我百思莫得其解。

榮獲文化獎，文建會委託台大承辦「王叔岷先生學術成就與薪傳研討會」。老師平日獨居中研院宿舍，路途遙遠，見面不易。那天我特意前去參加閉幕式，台大國際會議廳門口張貼整排的海報，是老師溫文儒雅、童顏黑髮的全身照片，上題老師的詩句：「本真淳以應變幻，由篤實而達空靈」。此時一陣歡呼，原來老師正由弟子扶持緩步駕臨會場。我生病手術歷劫歸來，得以在門口相迎，竟有恍如隔世之感，激動之情無以言喻。兩年不見，老師依舊童顏黑髮。

閉幕式聆聽老師的「華讌謝辭」，不禁淚水盈眶，那打動我內心深處的句子是：「如果說我的為人、治學、寫詩有什麼長處，只是能保持真誠的本分，不流於浮誇而已。」我想起留校任教第二年，系上徵派我在夜間部講授非我專業的「詩選及習作」，因為心理壓力過大，整個暑假生病失眠。開學前，我寫了一封信向老師表達萬分惶恐的心情，老師回信：「詩道性情，性情貴在真，你的性情真，富於才情，正好教詩。」老師一生絲毫不減真誠的性情，在我徬徨無助的關鍵時刻，仍以詩道真情鼓勵，成為當時一帖對症下藥的良方。

滔滔人世，究竟需要怎樣的堅持，才能以一生的真淳篤實對抗虛偽浮榮的濁濁紅塵？我頓時明白老師擁有童顏黑髮的心靈祕方。於是在真淳篤實的老師面前，每個人都不知不覺摘下了面具，蕩漾著赤子笑顏。原來真情淳性不只可以保有童顏黑髮、美容養心；還可以折服一切，使人謙卑。

戲曲領航者

‧引領小舟駛入港灣

每次回想與指導教授曾師永義結為師生的因緣，都覺得像一篇傳奇。七〇年代，古典小說和戲曲在台大中文系並非末技小道。當時由葉慶炳老師擔任小說，曾師永義擔任戲曲。我深知二者血脈相連，大三那年正想兩者兼修時，因曾師出國而與戲曲課程錯身而過。

碩士班二年級，曾師主編《中國古典文學辭典》，透過弟子徵求研究生，同班同學淑苓約我加入撰寫行列。那天曾師和所有參與的研究生討論後，便邀大夥兒到學校舟山路側門旁的僑光堂共聚午餐。我騎著三輪摩托車在後，沒能與大家緩步而行。只見十來位學生簇擁著曾師，三三兩兩並肩同步從文學院穿過椰林大道，笑語之聲劃過校園上空，傳入耳際。這個場景我至今不曾忘懷，多年以後追憶此情此景終於了悟：在人聲喧騰繁華熱鬧的戲曲殿堂，我注定要踽踽獨行……。

戲曲因緣，就從那一段暫時的疏離開始，當時的我完全置身其外。另一位同學王美秀走在曾師身旁：「老師！您收學生需要什麼條件啊？」豁然大度的曾師笑著回答：「只要用功就好，怎麼？妳還沒有指導老師嗎？」美秀趕緊回應：「不是我啦！是惠綿正在煩惱。」曾師立即展現一貫有教無類的精神：「有什麼好煩惱的，就讓她來找我吧！」

美秀轉述這番對話時，我著實愣住了；並非我不願意，而是我壓根兒不曾想過要以戲曲為研究方向，豈料我正在尋尋覓覓的「終身大事」就這樣被決定了？我對美秀的善意暗暗埋怨。

那個年代，我們戲稱尋找指導教授決定研究方向是「終身大事」。碩士班一年級學期結束，商請何大安老師、楊秀芳老師，老師異口同聲：「聲韻學研究是非常枯燥寂寞的路，妳的性情適合文學。」商請廖蔚卿老師，老師說：「妳似乎還沒想清楚要研究哪一個朝代哪一種文類的文學批評，再去想想吧！」商請樂蘅軍老師，老師說：「我不曾指導研究生，妳如果決定是文學方向，我會盡力幫助妳。」商請柯慶明老師，老師說：「妳像我們家的孩子，教導妳乃是理所當然，但妳應該轉益多師。」幾位親近的老師，各有善意的理由。於是，我的終身大事遲遲不定。

那一夜輾轉反側難以成眠。我想起母親經常跌入的回憶：「以前時常在晚上十點多雜貨店收工後，背妳到廟口看戲尾。好奇怪！妳都不哭不鬧。」我想起小學時候，每天風雨無阻匍匐到隔壁鄰家看電視歌仔戲的情景，母親為我借貸買了第一台黑白電視機，陪我度過沒有玩伴的童年。我想起大哥的感慨：「我家妹妹就是從小看太多歌仔戲才這樣多愁善感！」一時之間，母親、童年、鄉愁以及土生土長的劇種，片片斷斷的影像剪輯成篇，竟讓我淚光熒然不能自已，原來戲曲是我精神生命的土壤與根源。

就這樣，我成為曾師的入室弟子。當年拜師的場景，至今依然記憶猶新。那年時序入秋，對一個二年級學期中尚未找到指導教授的研究生而言，心中亦如秋風蕭瑟。

那天上午，我帶著一本空白筆記，正式去研究室拜見曾師永義。我一坐定就被口試：「有沒有修過戲曲課程？」當時忘記請問曾師：「童年受母親啟蒙，不懼風雨、不知害羞，每天匍匐到鄰居家看電視歌仔戲，可否列入戲曲學分？」但我太緊張，也確實不曾修過相關課程，當然誠實回答「沒有！」曾師起身到轉角書櫃，一面拿取戲曲書籍時說道：「我們不適合做田野調查，還是做文獻研究吧！」也許是我特別敏感，那時曾師正好背對著，我雖看不到神情，卻感覺到前面的句子說得很輕很淡，彷彿曾師是說給自己聽的。商議之後，決定以古典戲曲批評理論為研究方向。

猶如一個站在十字路口迷失方向而靜靜等待被認領的孩子，曾師簽下指導教授同意書，將我領入停泊的港灣。如今回首，既要為當年埋怨美秀而致歉，也要為其無心穿針引線而感謝。沒想到當我在空白筆記本上抄寫必讀書目時，同時也寫下往後既不繁華也不熱鬧的戲曲研究生涯。

‧教學殿堂安身立命

大學時代讀墨子〈兼愛〉思想，所謂「愛人若愛其身」，「愛人之父若其父，愛人之身若其身，愛人之家若其家」，主張人己之間，毫無差別，稱之「兼愛」。

我一直不相信有人可以實踐墨子兼愛的精神，可是在曾師永義身上，我看到曾師對所有指導論文的弟子，果然做到不分性別、不論先後，視為齊一而無差等的愛。任何一位前來叩門請曾師指導的學生，曾師從不拒絕，曾師說這是「有教無類」。任何一位受業弟子，在曾師眼中都是優秀出色，曾師說這是「得天下英才而教之」。任何一位畢業的弟子，曾師幾乎竭盡所能為他安排工作，曾師說這是「人盡其才」。因此，如今各大院校擔任中文系或戲劇系古典戲曲課程的教師，大多是曾師的弟子，經由曾師的提攜得以繼續薪傳戲曲火種。如果若干年後，有某一位弟子讓曾師感到有點兒惆悵，請勿「火上加油」，因為曾師會立刻轉換聲口說：「無論如何，他永遠是我的弟子。」相對的，如果曾師特別誇讚稱許，也請不要「沾沾自喜」，因為曾師對每一個弟子永遠都是肯定的態度。

曾師常常引用指導教授鄭因百先生說的話：「在學術的路途上，我喜歡學生踩著我的肩膀前進，只要他們有好成績，就是我的驕傲。」曾師繼承這種有容乃大的精神，因此能將中國戲曲知識以及治學方法，以兼愛無私的氣度，以因材施教的態度，傳承給每一位受業的門生。我自己成為老師，執教十餘年，更加體會曾師提拔後進不遺餘力的胸襟格局。三十餘年來曾師傳授戲曲，桃李天下，使一向被視為小道的戲曲研究成為顯學。

曾師也以墨家兼愛無差等的態度對待我，栽培我、磨練我的過程中，從不曾以「分別心」相看。讀博士班時，曾師分派我協助國際學術會議活動。第一次聽到曾師說「你能做的事，一定會做得很好」，我內心非常激動，因為從小我收到的訊息幾乎都是：「你不能，你不會，你不行，你不可。」而我的指導教授卻以超越世俗的眼光，看重我、信任我。

一九九四年，取得博士學位，申請台大中文系教職。聽說教評會上，曾師用「說故事」的方法介紹我，包括教學表現、協助會議、研究成果等，用心為我鋪排。與會二十八人，必須投票過半且名列前兩名，才能獲得聘任。許多年以後，曾師追憶此事語重心長：「一開票張張都是廢票，到現在仍心有餘悸。」俗話說「兒孫自有兒孫福」，何況我只是一個入室弟子？曾師展現「學術父親」的角色，可說是淋漓盡致了。

回想這一場人生棋盤，對我意義何其重大，取得留任才能步入台大教學殿堂安身立命。

・走出斗室釋放自我

多年以來，已能從永義師來電話時的稱呼，分辨出事情的性質，認真嚴肅則直呼名字，輕鬆愉快就叫徒兒。那天曾師的聲調昂揚：「徒兒啊！韓國要舉辦傳統劇國際學術大會，我可以推薦兩位發表論文，一個是王安祈，一個帶你去吧？」雖然驚喜錯愕，卻當下直接反應：「我行動這麼不方便，請老師推薦別人吧！」曾師被澆了一盆冷水，但依然耐著性子：「有我、安祈和趙老師同行照顧，你不必擔心。」頑石如我，竟不識好歹：「我還是覺得非常麻煩。」此時勃然大怒的聲音傳來，一字一字如大鼓般重重敲擊：「不試試看怎麼能跨出這一步？難道妳永遠不走出去嗎？自己去想想看！」電話猛力掛斷，猶如交響樂末章戛然而止，卻在我心中迴旋盪漾……。

於是，我在三位老師護持之下，坐著輪椅搭機轉機，一路上且抱且扶、又推又抬。他們雖汗流如珠，卻滿面春風。這一趟來回不過兩天，卻因曾師在國際學術之地位，將我推上學術舞台；而充分享受韓國學者溫暖人情、盡情觀賞歌舞表演、縱情品嘗美食風味、參觀博物展覽，更是美不勝收、興味無窮。

我清晰記憶，那晚置身在韓國的旅舍，夜半時分竟被徘徊的流光驚醒。就在我躺臥的方位，望見窗外一輪玉盤，彷彿是月姑娘從遙遠遙遠的星空，以溫柔的光芒輕輕喚醒了我。午夜夢迴，輾轉反側，不禁自問：「我不是只能永遠坐井觀天嗎？」霎時感念之情油然而生，若非曾師為我推開這一扇窗，怎能身處異國看到星月交輝的美景，圓了我平生第一次出國參加國際學術會議的夢呢？

總是惆悵月之陰晴圓缺，猶如傷感自身的殘缺不全。這才恍然，曾師原來是縫補徒兒生命缺憾的人師之一。從此，再無須掛懷月之陰晴圓缺，因為記憶深處已有皎皎明月，蘊藏著一個圓圓的夢。

歲月倏忽，沉浸戲曲領域的漫長歲月中，承蒙曾師永義一路提攜，直到如今。當年漂蕩無依的舟船，因著曾師的掌舵領航，幸運地走進戲曲桃花源。如今，或乘著小舟悠遊於浩瀚的戲曲海洋，或陶醉忘憂在春江花月夜之下的戲曲園林。無須對月獨飲，仍然可以與李白一樣，享受「對影成三人」的熱鬧。

停車暫借問

十字路口，我們不期然而遇，我情不自禁伸展手臂擁抱她。這不是電影情節，也不是故友重逢忘情失態之鏡頭，純是乍然相見的驚喜。

記得時序已入臘月，是個暖冬，仍舊穿著那件輕薄的深紫外套，紫色是我的最愛。那天清晨騎著三輪機車，照往常行經基隆路與長興街口時，遇到紅燈。這個路口紅燈時間特長，長到可以將上課的大綱預想一遍。突然背後一雙手搭上我的肩，回頭一看，歡然驚呼：「啊！曾師母！」「我看到身穿紫色的背影，心想必定是妳，忍不住下車來和你招呼。」師母微笑中的輕聲細語恰好與暖冬相迎。剎那間，聲波與陽光交融，在我心湖盪開。我竟造次去親吻她的臉頰，猶如小女兒用親吻去回應母親的溫柔。

這場十字路口的招呼、擁抱與親吻，請別以理智評斷其是非。試想，師母駕駛轎車上班時，經過同一個十字路口，恰好在我後方一起等紅燈。她可以隔著前窗靜靜地看著我的背影，待緣燈一亮，各自分道揚鑣。可是師母這份「停車暫借問」的情懷，卻是意味深長。

其實我們在十字路口相逢並非第一次。我曾因婦科疾病必須接受子宮切除手術。當師母聞聽我想放棄，任其自生自滅時，立即寄來一封語真意切的信函：「當一個人很累時，放棄一切實在是最容易的出路。但站在師母的立場，我應當說，不要枉費了妳來走一遭的責任。」師母陳媛女士擔任公家機關要職，極為忙碌，她寫道：「我刻意把辦公室的門關上給妳寫信，希望妳重視我的鼓勵。」正是這番寫信的心情與場景令我動容，久久不已。

暫時關門拒絕處理一切公務，何嘗不也是「停車暫借問」？只是那回不是感性的招呼和擁抱；而是將智慧的筆力化成度筏；而那紙短情長的彩箋，彷彿也變成一葉方舟，載我渡過彼岸。

人生總不免在十字路口駐足徘徊。正因為曾師母具備停車暫借問的「善心」與「善容」，才能啟動她的度筏和方舟，給我力量，指引迷津；並且成為一盞燈火，在前方照亮我的路徑……。

佳偶天成

他們是四、五十歲的大人，扮家家酒，陶然忘機，樂在其中，不讓孩童。

這一齣「娃娃送做堆」的主要編劇是趙國瑞老師。那年暑假，她與永義師、啟方師等人旅遊俄羅斯，到了聖彼德堡一家手工民俗藝品專賣店。曾經擔任幼教的趙老師對布偶情有獨鍾，挑選一個俊俏農夫，取名趙彼得。當大夥兒互相展現購買的藝品時，曾師母和黃師母起鬨：「怎麼不買一對呢？」於是三位女性結伴尋訪，為彼得物色了一位純樸的農家少女，由趙老師室友羅小姐認作義女，取名羅塔莎。

當晚十點左右，準備就寢時刻，趙老師全無睡意，以她把玩布偶的本色，戲之弄之，忽而彼得爽朗聲口，忽而塔莎嬌羞聲容，布偶牽手攀談，話說結識因緣，恰似談情說愛。羅小姐看得開懷大笑：「趙老師玩起布偶還真是入木三分呢！」原本渾然忘我的趙老師，突然引發為布偶兒子討媳婦兒的興味：「讓它們結婚吧！」

沒人能抗拒趙老師未泯的童心和盛情的邀約，個個輕衣便服欣然來到兩位親家房間。永義師擔任領祝人，隨筆記錄監證人是黃啟方老師，主婚人趙老師和羅小姐，介紹人當然是兩位師母，兩個花童恰好是證婚人的一對小兒女。永義師帶引婚禮，一拜天地，二拜高堂，夫妻交拜，送入洞房。一切行禮如儀之後，永義師當下寫成賀詞：「兩個娃娃行婚禮，不知如何我愛你。只為人間做遊戲，從此趙羅不分離。」啟方老師也下筆成詩：「今夕結緣俄羅斯，明朝一起去巴黎。地北天南千萬里，相親相愛不分離。」眾人誦讀，屋裡掌聲響起，穿透窗外異國的靜夜星空……。

翌日，趙老師獨自前往法國，繼續下一個行程。臨別之際，特意在旅館買盒巧克力，分享前晚參加婚禮的貴賓，喜孜孜言道：「吃一塊喜糖。」隨身的背包行囊，除了貴重物品，就是讓這對新人蜜月旅行。彼得與塔莎在巴黎旅館並列坐臥，相依相伴。

多年後，這些好友再聚，主人專程攜帶佳偶前來，彼得的米色上衣已有斑點漬黃，塔莎的紫花布裙略顯色澤黯淡，兩位老師題詩賀詞的紙張亦已泛黃。翻閱同遊照片，回首相顧，發現彼此已然憑添幾許霜白鬢髮。趙老師問起兩個花童如今何在，曾師母說：「都在國外留學了！」這才意識到竟是十餘年前的往事了。歲月流逝之中，唯一不變的是這些赤子情懷的師長，共同回憶當年舉行娃娃婚禮的童真笑容，依舊蕩漾在唇角眉宇之間……。

心靈家法

‧大破大立，一鳴驚人

寒假後開學第一天清晨，照往常騎著三輪摩托車，以平均二十五公里的時速行駛於熟悉的道路，腦海中偶爾閃過新學期第一節課的開場白。即將經過紅綠燈口時，突然一股力量撞觸右後輪，我連人帶車翻倒，不偏不倚跌在十字路口，下巴著地。

我全身裹著鐵製的背架支架，卻不知道自己是如何翻身坐起，並且正好倒在身前的機車。我本能地伸手熄火，以免引擎燃燒。只覺下巴溼熱，原來是下唇流血，沾滿了口罩，我趕緊拿取衛生紙按住傷口。這時才注意身旁兩位年輕男士，我輕聲說：「你怎麼把我撞倒了？」他慌忙解釋：「不是我，我是下車來幫妳的。」我滿懷歉意：「對不起！誤會你了。請幫我試試車子能不能發動，我要去上課。」於是我指點這兩位善心人扶我站起的技巧。當我以慣性動作上車時，倍感吃力。

一路上驚魂未定，左手臂雖無外傷，卻開始疼痛，想必跌撞後舊疾復發。我提醒自己：「不可再出狀況，必須穩定心神。」安全回到學校後，我立即打公共電話給住在台大對面的柯慶明老師，不慌不忙陳述自己發生一點意外，上課已經遲到，請老師先給我一些酒精棉和消炎藥。我想約到新生南路側門見面取藥，老師說：「你先到教室穩定心神，我直接送去。」

一到教室外的走廊，學生照往常接應，看到我嘴唇下巴紅腫，建議立即到醫護室，我說：「能平安回來，表示就醫不急切，下課再去吧！」我要了溫水擦淨臉上的血跡，忍著略微腫痛的傷口站到講台上：「新年快樂！恭喜在座同學通過我的魔掌，也慶幸我自己剛才逃過死亡魔掌⋯⋯。」此時瞥見柯老師從窗戶請學生傳送藥膏，心頭一股暖流。第一節下課十分鐘，柯老師再度來到教室，關切地問「還好吧！」我笑答：「還好，只是有點花容失色。」老師當下以堅定的語調送我八個字「大破大立，一鳴驚人」。

•兵來將擋，水來土掩

每當我發生狀況的時候，老師就像一個大將軍，以一言以蔽之的話語穩定我萬馬奔騰的心。就是這一年，我提出升等教授的論文，我的著作未必是一鳴驚人，但內心的確經過一番驚濤駭浪。

為了撰寫升等論文，我自一九九七年開始陸續發表相關論題，直到二〇〇一年底結集全書。大一必修「文學概論」而拜識的柯老師，兼備中西文學理論學養，提示我閱讀韋勒克（Rene Wellek）《批評的諸種概念》（*Concepts of Criticism*），得以在韋勒克的研究方法中找到契合之處，遂將書名定為《戲曲批評概念史考論》。初稿完成後，柯老師百忙中撥冗批閱「結論」一章，直指得失，嚴格要求：「結論不夠精彩，必須重寫！」點撥我補充修改之思路，視我如嫡傳弟子的襟懷，我因此擁有「轉益多師」的福份。

這一場意外的小車禍之後，多年累積的著作終於出版，二〇〇二年二月底正式提出升等。四月中旬系主任給我一份七十九分的審查意見，依規定凡是八十分以下必須在三天之內撰寫答辯書。閱讀審查意見，諸如「代表作沒有創見，究其因，以為文出急就難免。然細繹作者過於偏執，拘泥一隅，或究其無法一脫窠臼之主因」，「撰述態度顢頇，不敢踰越師門臧否標準，處處奉以為真理」，「書背簡介內容，見於出版商為銷售之廣告詞則可，用以昭告學界則失之浮誇，令人啼笑皆非」，「依學術評審標準給予七十九分，期望虛心治學，一臻善境」。

面對這些文字，我先是呆若木雞，繼之而起的不是憤怒，而是嘲笑自己不諳人性的單純與天真。系主任曾經問我，按照規定可以提出兩位迴避名單，我自認為沒有學術恩怨，傻傻地回答：「可以接受客觀的檢驗，不需要迴避名單。」誰知竟有今日結果。

柯老師聽聞後，沉著冷靜地說：「兵來將擋，水來土掩。」翌日專程約到研究室，逐條指導我答辯之方，尤其要以事實數據回應審查人，例如羅列各篇刊登的年代，證明這本二十六萬字四百八十六頁的代表作，並非「文出急就」。我自幼讀書，經歷大小考試和論文寫作，從不曾熬夜，但為了在有限時間內完成答辯書，一直寫到天曉雞鳴，我心力交瘁，忽然覺得「人生至此，天道寧論」，不禁放聲痛哭。我收拾整裝準備上午八點的課，一路上騎車，頭昏昏目沉沉，不斷強化意念：一定要平安將答辯書送到學校。

回想起來，開學日小小的血光之災，彷彿是個預告；而老師當下所說的話語，原本助我轉念，為我祝福，其後卻成為驅動我內秉堅孤的力量：我必須忍辱備戰，先「大破」，而後才能「大立」。柯老師指點我「兵來將擋，水來土掩」的實際策略，助我通過學術生涯中關鍵的一役。

・與人為善，化小人為貴人

聽說教授評審委員會閱讀審查意見之後，有人提議本系將這位審查人除名。我無從得知審查人是誰，也不必探問。雖然他幾乎造成我嚴重的挫傷，但是對我而言，他畢竟只是個「假想敵」，有驚無險之後，他如同夢幻泡影。相對於某君，十多年來就像是一個小石頭，不時擾亂我的心湖，蕩漾無數的漣漪。

我們曾經共同協助舉辦活動，他對我總是不太友善，因此累積一些心結。有一次需要去研究室借書，因為他保管鑰匙，相約時，他問：「你有本事到二樓抱書回去嗎？」我不知道如何應對諸如此類的語言，覺得必須尋求「教戰守策」的柯老師。有天下課後的黃昏，在文學院旁的荷花池畔，晚風吹過水面的殘荷枯葉，我含著眼淚詳述他瞞上欺下、不符公平正義的行徑。原本認為老師會同仇敵愾，沒想到老師借用一個算命先生的話相勸：「與人為善，化小人為貴人」，那極致輕聲柔軟的語調彷彿要融化我心底所有積壓的怒氣與悲傷，我瞠目結舌：「這……這怎麼可能？」老師說，下次再遇到類似狀況，試著告訴他，「我們不是敵人，可以是朋友」。如今回想，如果是學生來問，我只能建議忍他、讓他、避他，絕對不可能如此教導他。我不知道要有何等修為，方有柯老師的寬宏大度。

不久得知他住院開刀，回想柯老師的話，一番掙扎，決定釋出善意。趙老師幫我買一盒水蜜桃，陪我去醫院探視。原希望這次可以盡釋前嫌，誰知事隔幾年交會，我們各自分擔通識課程其中一個單元，他依然不改一貫的措詞：「我在班上示範身段，這些都是你不能做的……」我好想告訴他，今生若不能「善了」，來世恐再結怨，我們既已不能為善友，可否釋放彼此，回歸路人甲乙，相見不相識。

•抬頭挺胸，理直氣壯

承蒙柯老師傳授諸多「心靈家法」，我大多能努力為之，不能「化小人為貴人」是我唯一感到無顏見江東父老之處。一方面是我不夠幽默，不能一笑置之；也是我功力不足，無法化解負面的語言。另外一方面，實在是與柯老師加持「抬頭挺胸，理直氣壯」的力量，落差太大。

一九八九年我考取博士班榜首，暑假之前接到系主任電話，請我兼任大一國文，喜出望外。當年大學聯考，凡是師範學校一律不准填入志願，似乎注定我與教師工作無緣，沒想到我能獲得重用，竟有機緣以兼任講師的身分登上大學講台。可是沒有教學經驗的我，萬分惶恐。

依舊是柯老師渡我迷津，我帶著大學國文選向老師求教，從莊子〈逍遙遊〉到王羲之〈蘭亭集序〉，一句一段，慷慨傳授講解之道。我如同在掌門人那兒習練一招一式，接受真傳工夫，獲得武功祕笈，並且吃下一顆定心仙丹，可以從容勇敢站上講台。當我第一次在大一新生眾目睽睽之下，以倒退方式上講台時，我全身顫抖，我深怕就在上講台一剎那，當場跌倒了；即使開始說話，我的聲音也在抖動，我害怕被嘲笑……。就在那一刻，柯老師的聲音在我心靈的幽谷迴盪：「惠綿！抬頭挺胸，理直氣壯！妳會教得很好！」

整整三十年，大一文學啟蒙的柯老師對我始終不變的賞識，是我無限的精神能量。人生行路，這份賞識的力量成為生命樂音的主旋律，不斷重複……。尤其在關鍵的時刻，在困頓的時候，甚至在我感到即將溺斃之時，柯老師永遠以強壯的臂力拉我上岸，所稟持者總是對我的信任與愛護。

我不知道該如何答報柯老師對我義盛意深的提拔與栽培，終於懂得陳之藩散文所寫「感謝之情，無由表達，還是謝天罷！」是上天為我編寫劇本，讓我大學日間部落榜來到台大夜間部，成為柯老師受業的學生，蒙受一路牽引。

‧勇於賭注，扭轉乾坤

一路行來，柯老師傳授的心靈家法都是堅定果斷、斬釘截鐵，唯獨對我接受脊椎側彎矯正的重大手術，雖然表示贊成，但在語重心長之中卻夾雜疑問句：「人生有許多時候，需要有一種『賭』的精神，誰能保證我們一定成功？但人的真正幸福，是存在於永遠積極地為生命希望而奮鬥的努力中。」對於成功機率只有一半，攸關生死存亡的超大型手術，至親如父母和趙老師都不敢輕易表達意見，他們不約而同地說：「我們不忍心看妳受苦，妳自己決定吧！」

二十五歲的我，脊椎已經側彎九十度以上，經常胸口鬱悶，呼吸不順，來日壓迫心肺恐怕日趨嚴重。那年，一九八四，我應屆考取碩士班，柯老師和張淑香老師賜贈的賀禮是「學而時習為真樂，樂以忘憂是至學」，頂針格的七言字句，以「學、樂」二字迴環往復，請店家用紅色楷體刻寫在銀色底板，製作成一個典雅氣派的木框獎牌。我將它安放在面對我的書架上，抬頭便可看見，提醒自己「時習與忘憂」的家法。然而，如果脊椎側彎繼續惡化，我如何沉浸在「至學與真樂」的天地？又如何面對漫長與艱辛的學術路途？柯老師的話，字字入耳，我決定「勇於賭注，扭轉乾坤」。也許因為如此，柯老師內心有一股沉重的壓力，特別在暑假去美國進修之前，請託台大公衛系的太老師柯源卿教授找主治醫師，更進一步了解我的身體狀況。驚動太老師，我非常不安，老師輕輕淡淡地說：「妳就像是柯家的孩子。」

十二歲為了求醫求學，離鄉背井，到台北受趙老師照顧疼惜，視如己出；跋山涉水到了台灣大學，又被視為柯家的孩子，是上天安排他們如同家人引領我過關斬將。感謝上天恩賜我如許深厚的福緣，見證人世間超越骨肉血緣的師生之情。一句「像是柯家的孩子」，不禁使我淚眼盈盈……。

一個月內兩次脊椎側彎手術期間，柯老師和張老師經常從美國打電話給趙老師，關切詳問狀況。多年以後談及此事，柯老師如釋重負說道：「當年惠綿如有不測，我們將會終生內疚。」聽了非常不忍，對兩位老師而言，我只不過是千萬個學生之一，只因為視為柯家小孩，致有延續深長的繫念與牽掛。

二〇〇〇年，我因為子宮肌瘤必須切除。手術前夕，柯老師送來一尊觀世音菩薩像，玻璃相框之內一座相好莊嚴的觀世音，高約六十公分，頭戴寶冠，身佩瓔珞珠寶裝飾，身穿白底淺藍袖口的菩薩裝，雍容華貴。右手持長串佛珠，左捧金色淨瓶，瓶中插著柳枝。我想像瓶內也該盛有甘露，正是「楊枝淨水，惟願大悲，哀憐攝受」。柯老師說：「這是我家祖傳供奉的觀世音，家母家父相繼往生後，無人傳承。我想最適合送妳，讓祂保佑妳，一如守護我們家的孩子……。」健碩挺拔的柯老師，一向都是用寬厚的肩膀成為許多人的依靠。在我陷入深淵的時刻，老師轉化那份已然成為人間孤兒的傷情，送來家傳之寶，何嘗不是同時送來觀世音遍灑人間的大悲甘露，滋潤我枯槁的身心。

猶如「觀察世間聲音」的菩薩，每聞聽弟子受苦之聲，即時而來。《妙法蓮華經・觀世音菩薩普門品》說：「若有無量百千萬億眾生，受諸苦惱，聞是觀世音菩薩，一心稱名，觀世音菩薩即時觀其音聲，皆得解脫。」三十年來，老師因時、因事、因人而制宜，傳授我諸多心靈祕方，讓我承其家法、觀其音聲、想其字句、受其開悟。我凝視觀世音妙相莊嚴、姿儀優雅的容顏，沉吟老師離去前再次的叮嚀：「生命是有悲有慧，有苦有愛」，如見老師博大寬容、慈悲度化的精神寫照。

——二〇〇九年七月十三日

夜櫻

元宵節前夕，沒有湊興去中正紀念堂觀賞精雕細琢、美侖美奐的花燈，卻在無意中邂逅了台大校園那一枝獨秀、意態天然的夜櫻。乍見夜櫻，頗有「眾裡尋他千百度，驀然回首，那人卻在燈火闌珊處」之驚喜。

那天晚上聚餐後已近九點，我和張淑香老師沿著舟山路進入台大校園，悠閒享受靜夜星空下的椰林大道。一路行到文學院荷花池畔，老師歡然邀約：「走！我帶你去看夜櫻。」

「夜鶯？」我用疑問的聲調回應，心底暗暗納悶：「沒聽到鶯啼，哪來的夜鶯？」只見她趨步走向中庭的轉角處停下，抬頭仰望，然後在尺寸之間的距離來回挪移。當我緩步靠近時，她歡然招呼：「來！從這個角度看夜櫻最美。」我輕聲讚歎：原來是夜晚的櫻花啊！而適才老師像個攝影師，頻頻為我捕捉特寫鏡頭，並且將最絢爛的焦點讓給我。

放眼望去，中庭裡一排櫻花已然凋落；唯有這株櫻花，恰恰在轉角水銀燈的照耀下獨放異彩。水銀燈偏照，使綻放的櫻花光度有別、明暗不一。銀白燈光穿透枝椏，讓綠茵之上的粉紅花瓣，像塗染一層薄霜。師生共賞良辰美景，彷彿進入一幅玉壺光轉、櫻紅滿徑的畫面。

老師隨意拾起幾朵落櫻，悄悄放在我的手掌，讓我體會撫觸櫻花的感覺。她興之所至唱起一首小曲：「你是那海洋，我是那海鷗。美麗的姑娘，我的花兒。我要歡笑！我要歡笑！」高亮柔媚的嗓音，如細水如行雲，且在櫻花樹下蕩開，我方知聆聽夜鶯歌唱不再是夢境。

猶記前些時日，我心緒低沉時，淑香老師還殷殷叮嚀：「妳應該偷閒騎車去吹吹風、看看花。」那晚不期然引領我和夜櫻交會，何其賞心悅目！正當我沉思時，老師已從研究室取來《日本列島櫻花紀行》，二十五開三百七十五頁，厚大的書冊全是櫻花照片：「讓妳看看日本的夜櫻多美！」千百盞燈光照射出數千萬朵的櫻花，金碧輝煌，恰似「東風夜放花千樹，更吹落星如雨」的寫照，令人悠然神往。

我借回櫻花圖書，淑香老師如痴如醉地說：「妳得趕緊歸還，我會想念它。」我依約快快奉還，然而歸還不了的是元宵節前夕那場不曾預約的邂逅：那是夜鶯的婉轉和夜櫻的花語。

小人物大推手

・我坐下了

大學校長和教務長對我猶如天高皇帝遠，在他們上任期間、卸任之後，我也許都見不著一面，這是一種既自由又疏離的感覺。沒想到學生的一封郵件，驚動了陳維昭校長，請來了李嗣涔教務長。我依約拜見教務長時，心中忐忑不安，他開門見山：「有個學生寫電子郵件給校長，希望能幫助你解決上課的座椅。」我驚訝不已，隨即表示：「對不起，學生如此冒昧。」教務長微笑回應：「不！妳的學生很讓人感動，這是我們的疏忽，早該問問妳在教學上的需要。」

我在三班課堂尋訪：「這位同學為善不欲人知，但請給我機會向你說聲謝謝。」直到學期結束都沒收到告白的電子郵件。六月底偶然接觸校長室的蔡秘書，靈機一動商請代查學生名字，原來是曾靜霞，是中文系應屆畢業的學生。

當我透過其他同學找到這位當年熱心助人的班長時，好奇問她寫信的動機。靜霞回憶：「第一次上課，看老師站了三個鐘頭非常不忍，下課後問您為何不坐？您說站著比較方便。今年四月看到老師的散文，才知道原來是講椅太高坐不上去。這種困難當然直接請校長協助。」然後她以羞赧的眼神看我：「怕被責備，所以不敢告訴老師啦！」

台灣的障礙環境迫使我們必須學習兵來將擋、水來土掩的工夫，有時候甚至是逆來順受。講桌配置的木製椅太高，坐上去很吃力，而且椅子太硬，與支架磨擦不免夾痛雙腿，最困難的是坐在椅子上無法寫板書，影響教學效果，只好選擇站著上課。教學十年來，我未曾想過主動要求任何協助，記得教務長約談時，我還像個小學生怯懦地問：「我做錯了什麼事嗎？」然而當靜霞知道我的難處，卻比我理直氣壯，令我感動的是她將這件事放在心上，整整三年。

那時我正瀕臨雙手韌帶發炎而無法使力的困境，非常惶恐不能繼續教學。由於靜霞寫信的勇氣以及校長和教務長重視學生訴求，激起我積極尋求協助的心念。輾轉得知台北市勞工局有「職務再設計」補助專案，委託伊甸基金會承辦，凡是公私立機構進用殘障人士，可申請經費改善職場設施。伊甸敦請元智大學任教的張高雄老師親自到教室勘查評估。首先，訂製可調高度的迴轉式座椅，座椅下之五根支架必須由一般的三十公分，加長至四十五公分，以增加穩定性。同時將支架下的活動輪子改成平盤，以便將椅子固定，增加安全性。其次，為配合迴轉式座椅的迴轉空間，將原講台稍稍移至左側，不影響其他教授使用；另改用較低矮的講桌固定於地面上，後二枝桌腳置於台階上，前二枝桌腳加長後置於地面，將迴轉式座椅置於低矮講桌與黑板間適當的位置。接著要解決的是三十公分高的講台，張老師考慮如果加裝斜坡，教室無法關門，因此採用木製活動式的斜坡，以便可隨時收放；又為了避免木板因潮溼而光滑，再鋪上地毯。最後幫我安裝小蜜蜂，不必手持麥克風。從此我能坐著講課，坐在迴轉式的座椅，需要寫黑板時用左手推桌子沿順時針方向旋轉一百八十度，面對黑板；寫完黑板再用右手推黑板沿反時針方向旋轉一百八十度，回復原位。

靜霞一封郵件，牽引出張高雄老師智慧專業的助力，改善了我的教學環境，延長我安身立命的歲月。

・我升高了

我充分使用張老師設計專用的桌椅，減輕了雙肩支撐拐杖的酸痛，以及穿著六公斤背支架久站三小時的痲痛；小蜜蜂發揮功效，手肘不會因長時間握持有線麥克風而發炎。直到三四年後，手腕正中神經病變，為保護雙手，必須放棄持拐行走。腕隧道關節炎手術之後，開啟電動輪椅生活，我又面臨新的難題。

被列為市府三級古蹟的台大文學院，尚未設置電梯。每逢系上開會，坐輪椅請同仁或學生抬上抬下，總是有驚無險。我曾兩度向校方提出增設電梯，並無下落。二〇〇五年八月，某私立高中陳姓學生背著玻璃娃娃同學到地下室上體育課，因天雨路滑，造成玻璃娃娃摔傷不治死亡。家長提出告訴，陳姓學生二審被判決賠償三百萬。這個事件對我造成的恐懼效應是擔心連累他人，再也不敢參與會議。同時，第三度正式向校方提出設置電梯。

我再度向伊甸申請「職務再設計」補助，張高雄老師三度應邀勘查，毫無怨詞，希望在不影響維護古蹟的原則下，找到合適的地點裝設電梯，承辦業務的社工員就是郭碧娟小姐。完成申請程序後，她提議：「我想約妳到台北市第一輔具中心，請職能治療師評估妳是否還需要其他協助？」當時為申請流程之繁瑣而不耐煩，況且已經使用電動輪椅，我不以為自己需要評估。對我而言，出門一趟就是麻煩；對碧娟而言，她的提議不在我申請的項目，似乎無須「多此一舉」。可是在碧娟樸質的顏容與誠摯的眼神，我讀到萍水相逢的溫暖情誼。

輔具中心治療師問我如何寫板書？我很得意：「我技術不錯，電動輪椅在講台有限的空間迴旋，轉身可以寫板書，可是我太矮，寫不到高處，為了舉手寫字，下課後肩膀常常酸痛。」治療師微笑：「所以妳需要一台能夠升降二十公分的電動輪椅。」治療師再問：「我看妳坐的氣墊只有五公分，不舒服吧？」我忍不住傾訴：「這兩年長時間坐輪椅，我已有嚴重的坐骨神經痛。」治療師善體人意：「所以需要配置十公分的氣墊，減輕坐骨壓力。」沉吟之後又說：「這才是職務再設計真正的宗旨，至於電梯，那是學校該做的事。」

新學期，我迫不及待在學生面前展示：「今天要讓各位欣賞我的新年禮物，猜一分鐘。」我按住電動鈕，感覺自己緩緩上升，學生開始猜：「紫色項鍊？新衣服？保溫瓶？」終於有人興高采烈：「老師升高了！」

有人說，我的手掌寬厚，手臂頎長，按照身形比例，雙腿也該修長，幼年一場大病阻礙生長。拄杖站起時，個兒顯得矮些，沒想到乘坐電動輪椅之後竟有機會升高，真是得自科技研發的神奇；然而，我更感恩的是一個女性社工員的服務熱誠，碧娟「做善念之人」遠甚於「做份內之事」的襟懷，令我念念在心。我坐輪椅升高了，在形式上，可居高寫板書，可俯視聽課學生。實質上，也可以高居心靈的山峰，了悟人事的有心與無心，可為與不可為，有待與無待。足以用高遠遼闊的心，品味「行到水窮處，坐看雲起時」的悠然。

後記：

乘坐電動輪椅之後，上課教室和研究室舊大樓旁的殘障廁所，輪椅無法進入；研究室有一扇往外開啟的紗門，我也無法自行進出。張高雄老師仍以伊甸基金會專家諮詢的身分繼續幫助我改善，讓我可以在學校幾個活動據點暢行無阻。二〇〇八年共同大樓整修為E化教室，張老師設計的專用桌椅和小蜜蜂隨之拆除，但這些「外來協助」曾經陪我走過的年歲，永遠銘刻心底。

我記得第一次見到張老師時，他自我介紹：「我在高雄出生，所以取名張高雄。」我聽口音判斷他必是外省子弟，一問是安徽人。而這位以台灣地名為名字的「大陸人」，卻運用他的專業領域嘉惠「台灣」數百個在職場工作的身心障礙者。張老師畢業於逢甲大學工業工程系，目前在元智大學兼任，專長是「工作研究」。主要是在不同的方法之中，找出最省時、最省力、最簡便、最妥善的方法完成工作。為了達到目標，必須應用一些技術和方法，他成立個人顧問社，提供台灣製造業的需求。我很好奇「工作研究」理論為何會從製造業轉用於「職務再設計」的服務業？

他回溯一九九一年有一位美國里海大學博士生林女士突然打電話來，希望以智障小朋友為對象（智商七〇至九〇之間），幫助他們學會生活自理，包括洗手、穿衣服、摺衣服、摺被子四項基本能力，需要借用「工作研究」理論，再將這份數據報告寫入論文。張老師有感於這位年輕研究學者以自身小兒痲痹的甘苦進行智障者的研究，樂見其成，遂以一所小學智障班為實驗對象，協助她完成這部分的構想。

兩年後，林女士再度請託張老師協助完成職訓局委託「身心障礙職業事前評估」計畫。承辦單位延宕半年，一籌莫展，幸得張老師之助，順利交出報告。我不知道承辦單位臨時邀請張老師參與所給予的待遇，張老師對我這個敏銳的問題笑一笑，答非所問：「我是個小人物，一向與世無爭，不會在意。」我心中便明白，兀自不平，這個社會總有一些未必公平之事，幸好也有一些心懷慈悲的傻子。

一九九四年職訓局成立「職務再設計」，張老師因為協助前項計畫引起當時邱滿艷科長（現任國立台灣師範大學復健諮商研究所助理教授）賞識，主動邀請他擔任申請案的審查委員，並成為提供線上諮詢和到場服務的職務再設計專家。張老師不僅執行實務工作，同時肩負向社會大眾宣導職務再設計的概念和服務的責任，目的是希望實際幫助身心障礙者，改善職場上的工作環境以克服本身的障礙，使能達到與正常人相同的生產力；而鼓勵企業家勇於任用身心障礙者，則是更積極的目標。

雖然張老師說，這是一個「無心插柳」的過程；但是在顧問社主業之外，猶能兼任職務再設計，四處奔波，若非與生具有的古道熱腸，若非內心深處擁有悲憫大愛，焉能堅持長達至今十五年歲月？針對各種程度不同的殘障類別及其特殊狀況，他腸枯思竭、匠心獨運，所懷抱的就是「引渡」的情懷。我懇請張老師一定要在任教學校培養薪傳的人才。而當我頻頻感謝他普渡我們這些身心困頓之人，他卻一再重複地說：「我只是一個小人物，我只是一個小人物。」一個不斷自稱是「小人物」的師長，卻是實際改善我們生活環境障礙的「大推手」。

那年，我對於自己往後必須依賴輪椅生活的漫長歲月流露茫然的心情，張老師說：「無障礙設施的觀念在台灣已經非常普遍，你仍然可以來去自如。」無論是在當下或是多年以後，每次想起這四個字都會感動地落淚。這位可敬可佩的大推手，盡其所能為我們打造「來去自如」的生活空間。我心中明白此「身」不可能來去自如，但是我的「心」可以來去自如。

——二〇〇九年九月一日

卷三

野鴿的春天

朋友篇

能成就一段美好的情誼，不僅限於二人之間的意願或誠意；
使之破滅，也非全然是人為因素。
也許這在在都顯示『無常』的道理。

野鴿的春天

回春之日，乘興拜訪在中原大學工作的摯友張碧惠，她陪我閒遊校園，十歲的兒子同同不時穿插介紹，儼然是小地陪。一路行到楓樹林，同同突然變得安靜，來回踱步，仰視樹梢，引我好奇：「你在找什麼？」同同心不在焉：「找我們的野鴿。」碧惠接口：「同同念念不忘那對野鴿，每經過這兒總是頻頻回首。」

話說那年冬天，寒流來襲。有天黃昏放學，母子一如往常牽手行經大樓中庭水池，驚見兩隻溺水雛鳥。碧惠立刻尋找紙箱，救起奄奄一息的雛鳥。回家後觀看其中一隻冰冷僵硬，想必難以存活，欲將牠移出時，尚存餘息那隻使勁發出咯咯叫聲，同同搶著話題：「一定是不願意分開啦！所以我們全家輪流用吹風機，整整吹了四個小時哦！」同同伸出四個小指頭，眼睛閃著亮光，如立大功的小戰士。碧惠欣喜洋溢：「當那隻虛弱雛鳥的羽毛蓬鬆時，兒女抱著我大聲歡呼，活過來了！活過來了！」就在聆聽的一刻，我彷彿看到碧惠闔家圍繞呵護雛鳥的情景，真實感受到碧惠以疼惜萬物的心，引領孩子體驗「物溺己溺」的情懷。

第二天碧惠買了鳥籠，讓孩子學習餵食。雛鳥頭部小黃毛漸漸脫落，更換綠紫相間的光澤羽毛，腹部背部呈白色，翅膀上有兩條黑色條紋，同同迫不及待：「我和妹妹查動物圖鑑，就是野鴿！」我急切問：「野鴿飛走了嗎？」同同嘟著嘴：「都是媽咪啦！」

原來經過兩個月的餵養，野鴿在籠內展翅欲飛，羽毛總是在碰撞時掉落，碧惠不忍心，帶到楓樹林。誰知打開籠子，野鴿不出來，便將五穀米撒在籠外，引誘出籠，仍不飛離。只好將野鴿放置在低矮樹枝，盼其自行飛去。「野鴿竟然在原處停兩天，我要求再不飛走就帶回家。」同同的聲調由昂揚轉為惆悵：「結果第三天牠們不見了，都是媽咪說要讓鴿子自由。」我拍拍同同的肩膀：「這兩隻鴿子好幸運啊！在你們手中重生，得以飛翔天空，給了牠們生命的春天，多快樂啊！」說話之間，突然三五隻野鴿飛臨地面，啄了果實，倏的一聲，飛走了。

回首碧惠與我相識相知三十年的歲月中，我幾度出入醫院，顛躓在生死之間，正如同那隻在凜冽寒冬溺水掙扎的鴿子；而碧惠就像赴湯蹈火在所不辭的女俠，一路情義相護。

至今依然清晰記憶一九八四年國慶日前夕，置身在不分晝夜燈火通明的煉獄。歷經漫長手術之後，被送到加護病房，我全身發抖，護士取過紫外線紅燈照射，得以保暖；呼吸困難，必須輸送氧氣；鼻孔插管通過喉道到達胃部，喉嚨痛得口水難以吞嚥；手上腳上都有點滴，身上還有導尿管、排血管、輸血管及測量脈搏、血壓的儀器；腹部脹氣猶如圓球；無力的雙腿痠麻，不能自主變換各種姿勢；前腹胸的傷口，麻藥逐漸退去強烈抽痛。「超型脊椎手術」後的我，像個傷兵重患……。

牆上的時鐘滴答滴答，和我身上分秒不停的刺痛感內外呼應，幾乎變成令人發狂的節奏。床頭上的儀器「嘀、嘀、嘀」發出尖銳單調之聲，聲聲刺耳。大約是凌晨，護士發現我的血壓突然降低，緊急通知家人買血。當時錐心刺骨之痛猶如亂石崩雲驚濤裂岸，襲捲我一切的思考，根本沒法細想是何人深夜從普通病房到血庫買血，送到距離遙遠的加護病房？

幾天以後，身心崩潰，嚎啕大哭，一心求死，趙老師在病床邊語重心長：「妳知不知道，我們和碧惠、金燕、林玲在手術房外焦急苦候你八個小時？知不知道妳爸媽每次到加護病房看妳，一出來眼淚直流？知不知道加護病房那晚，碧惠體貼讓我回家休息，她留下守夜為妳買血送血？知不知道從不曾失眠也不曾誦經的我，在妳手術前一晚因為無法入睡而為妳誦讀心經？知不知道我一個人回到空蕩的家，想到妳手術的成敗多麼恐懼？我們都熬過來，但妳卻要求死？……」說到此處，她哽咽，頻頻擦拭眼角溢出的淚水。

這些以「知不知道」為領句的句子，猶如詩經四言的重疊複沓，構成一唱三嘆、迴環往復的旋律，輕輕緩緩滑送到我的心坎裡。我逐漸安靜，無言。這才知道，那夜送來血袋讓我得以血脈穩定的人，是碧惠。

二十五年後，我打電話問碧惠：「凌晨正是熟睡的時候，妳怎麼聽得到護理站的呼叫？」電話一端傳來溫柔的抗議：「怎麼可能睡得著？那一晚我是趴在妳的病床邊，處於stand by 的狀態，護理站傳喚李惠綿的家屬要去買血，我拿起皮包快步衝去。」我繼續探問：「妳怎麼不怕？」她說：「我記得經過一些黑暗的走道，的確有點害怕，但是我想醫院應該很安全。」對我而言，夜半之中醫院左彎右轉的通道走廊可以類比深山曠野，而碧惠提著兩包血袋穿梭其間，儼然唐代的紅線女，展現慷慨解難的俠情。那晚，她讓趙老師回家充分補眠，也沒有驚醒一旁疲憊熟睡的母親，而是沉著應變這突如其來的事件。那年，我們二十五歲，生死患難之際，奠定我倆的友情。

兩次手術，住院整整四十六天，碧惠每天到醫院。從第一天起，她陪趙老師幫我辦理入院手續，為我擦拭病床旁的抽屜櫃子，五十餘隻蟑螂藏在屜櫃內，令人毛骨悚然，她們泰然自若。此後，代為繳交各種費用、二次手術守候、加護病房探望、辦理轉宿手續、陪同復健、同哭同喜、一起下棋等等，都有碧惠的身影。為減輕母親、趙老師、姑媽輪流照顧的辛勞，她發起排班制度，研究所和大學室友共有六位，每天上下午輪班前來，她們不只陪我解悶，一定幫我按摩痠麻疼痛的雙腿，一如我的至親。

儘管已經排班，碧惠不曾缺席。我又問了傻問題：「妳怎麼放得下應該全心寫作的碩士論文？」碧惠毫不遲疑回答：「當時這是我們最重大最重要的事情，哪有心情寫論文？何況論文還在蒐集資料，八字都沒一撇呢！」多年來，我常常自問：如果異地而處，我是否做得到？我必須坦承，我做不到。當我自問自答時，更懂得詩人〈贈汪倫〉描寫的友情：「李白乘舟將欲行，忽聞岸上踏歌聲。桃花潭水深千尺，不及汪倫送我情。」借用李白「比物」的技巧，桃花潭水深達千尺畢竟有限，而我在長時間的兵荒馬亂中，朋友的深情厚義卻不可測量。

我第二次進台大醫院是在二〇〇〇年。農曆年後出現月經延長、出血過多、頻尿的症狀，甚至無法解尿，幾度半夜到醫院急診插管導尿。接著到離家最近的私立醫院求診泌尿科，以下是那位號稱名醫與我這位病人的對話：

名　醫：（急於打發的口氣）開點藥吃，不能解尿就導尿吧！

病　人：我上週照射超音波，有大約五、六公分的子宮肌瘤，請問是否有關？

名　醫：（不以為然）當然無關，哪個女人沒有子宮肌瘤？

病　人：（憂心忡忡）請問吃藥能改善嗎？需要多久時間才能復原？

名　醫：（冷冷地）不會好了，你就準備終生自己導尿吧！

病　人：我坐都坐不穩，怎麼自己導尿呢？

名　醫：學呀！好簡單，就像你吃飯、睡覺、坐輪椅那麼簡單。

我一向不善於背書，但是這段對話字字句句我記得清清楚楚。趙老師陪我離開門診室時，我斬釘截鐵：「寧死，絕不終身導尿。」六月到台大醫院再做檢查，子宮肌瘤已長成十公分，而且內膜肥厚，內壁已有幾顆葡萄狀瘜肉，醫生建議摘除子宮。我急切地問：「肌瘤是否會造成頻尿或影響排尿？」醫生回答：「應該會，肌瘤已經壓迫到膀胱了。」我再問：「摘除後可以改善嗎？」醫生給我肯定的答案。我回想那位名醫的診斷，啼笑皆非。

手術前一天晚上九點左右，忽聽病房外叩門，竟是碧惠及其夫婿志哲攜帶一雙兒女同同和涵文來到：「下班接了小孩，用過晚餐，實在不放心，一定要過來看看妳。」那時碧惠已定居中壢，不似當年近在台灣大學。儘管兩地相隔，碧惠仍然心念故舊，越陌度阡而來。數月來，我一夜起床數次，影響睡眠品質，深受病痛折磨，見到碧惠如見至親姊妹，聯想當年患難真情，一時百感交集，眼淚奪眶而出。她過來撫拍我的肩膀：「我知道，妳受苦了。」一歷經十六年歲月，她立業成家，公私兩忙；我則埋首攻讀碩博士學位，致力於教學研究與輔導，從未掉以輕心。儘管難得相聚，但她一直都是很能體貼我悲喜之情的摯友。一句「妳受苦了」，盡在不言之中。她帶來一些營養品，臨走前還交給我一包意想不到的用品：成人紙尿褲，她說：「晚上不要一直起床上廁所，就穿紙尿褲吧！睡得好才有體力開刀。」

我想，只有碧惠有此「慧心」，想到用紙尿褲解決我夜晚頻頻如廁的困擾；也只有碧惠有此「膽識」，膽敢建議一個才四十歲的朋友使用紙尿褲。那晚，我看到紙尿褲在床頭，幾度猶豫，依然沒有拆封。事實上，以剖腹方式切除子宮手術住院的一星期，難以起身，都應該可用紙尿褲，但我咬牙忍痛，由看護協助在床上使用便盆。直到四年後迫於情勢，才開始使用紙尿褲。

因為長期過度使用雙手，導致腕隧道症候群，醫生建議：「最好不要再使用拐杖，手術後才不會復發。」放棄拐杖意味從此放棄站立行走的能力，也同時放棄騎三輪摩托車自由行動的能力；但是如果不放棄，一旦正中神經長期受壓迫，也將造成肌肉萎縮，後果更不堪設想。表面上是兩難，其實是已經沒有選擇餘地。

成為真正的輪椅族之後，凡是不能避免的看病、聚餐、開會、演講，所到之處，都不必徒勞再問無障礙洗手間的問題，就用紙尿褲。有一次，一位純良細心的朋友突然問我，返鄉長途車程怎麼上廁所？我輕輕說紙尿褲，她在電話中竟哭了起來，我安慰她半天。二〇〇八年六月，我首度申請專題計畫，到北京中國藝術研究院進行為期兩週的移地研究，體積又大又厚的紙尿褲占滿行李箱大半位置。研究院的洗手間門小，輪椅無法進入，沒有隱蔽的空間。趙老師尋到圖書館隔壁是茶水間，可以暫時掩門。沒有沙發沒有扶手的環境下，在窄小空間而難以轉身側臥的輪椅座位上，我居然可以獨立更換紙尿褲。

那晚碧惠不辭遠道送來紙尿褲，竟成為我中年以後生活的必需品。一包紙尿褲讓我漸悟，為了讓殘破不堪的軀體得以繼續呼吸，必須對自己妥協，她不著痕跡地開示我：人生有什麼不能放下？人生有什麼不能割捨？

二〇〇四年一月，我第三度進台大醫院。為了不讓碧惠上班之日往返奔波，接受腕隧道關節炎手術前夕，我刻意不告知。第二週複診時，她突然出現在候診室，一見面就說：「今天預定休假來看妳，趙老師說妳在醫院，所以直接過來了。」複診後我們到餐飲部聊一會，她遞上一個紅包，上面寫著：「親愛的惠綿，吃苦是消業，也是再造福。苦盡必甘來，但願雙手能有好的休養與治療，電動輪椅能帶來新生活。愛妳的碧惠、志哲。」我拿在手中，沉甸甸的，頗有厚度，直覺地說：「太重了。」她輕描淡寫：「這些只夠給妳買電動輪椅的兩個輪子。」

使用電動輪椅是她建議，志哲也幫忙找了一些資料；而三萬元禮金恰好是訂購電動輪椅的一半，別具心思放在一個「福」字的紅包袋，我保留至今，反覆讀之，總是淚眼盈眶。她明白我不能再用拐杖，也不能用手動輪椅；她明白我必須操作電動輪椅，才能在偌大的台大校園自由行動；她更明白我被迫放棄三十餘年鍛鍊的行走能力，回到坐輪椅的原點，是千千萬萬的不甘心不願意；她明白我一向自許懷有「千山獨行，不必相送」的豪情，她也明白我的薪水買得起電動輪椅。總總理性的相知，抵不過感性的相惜，正因不忍見老友面對生活秩序的調整而處於生命幽谷，她只能以具體的方式向我傳達深情不渝的友愛。我深知，電動輪椅兩個輪子是代替她的雙腳，陪伴我繼續行路苦難的人世。

暗紅的血袋，粉紅包裝的紙尿褲，斗大「福」字的紅包，樣樣都是碧惠熾熱丹心的映現。她總是洞燭先機，找到解決我生活困境的實際策略。我們不須經由歃血為盟的儀式，卻蘊含肝膽相照的精神內涵。不須約定，也沒有目的，就像她乍見野鴿溺於水池，立刻為牠布置溫暖的窩巢，毫不遲疑、義無反顧、為所當為、不求回報。

她是施恩者，當然可以不求回報；我是受惠者，如果不知感念回報，豈不是違背大一時她教導我的「義道」？那是非常遙遠的過往了。大一新生住進女五舍一〇六室，碧惠是中文系二年級學姊，也是室長，對我格外照顧，不知不覺中我在心理上產生過度的依賴。下學年她突然決定搬到二樓寢室，我非常難過，寫信表白被捨棄之感，她回信：「雖然不同寢室，仍然不會減損或改變我對你的友誼，這就是朋友的義道。」我雖因病略微早熟，十八九歲的年紀終究不懂「義道」的真諦。長年來，深感得之於人者諸多，遂自己形成義道的思惟。日前，我再度提起，第二天她寫了一封長信，我必須摘錄這段精彩的論述，方能見出碧惠的超越凡俗：

我所說對朋友的義道，並非要求妳必須深深掛記朋友給妳的情誼及對待是如何如何，也非強調不可辜負朋友；而是一種自我的期許，那也是我所嚮往的境界。即當我決定將對方當朋友相待時，我便將以我認為的義道對待彼此的關係，讓自己應是位忠實且可信靠的朋友。至於對方是否因此而相信我、重視我而以我為他的知交，是否能珍惜我的付出而不辜負我，是否能體恤我的心意而不藐視我，以及能否如我的期待而適時給予對等的回應等等，都不是影響我初始要決定以朋友義道待之的關鍵。故由此出發所建立的並非對價關係，而是一種自由、無待且盡其在我的對待啊！

品讀碧惠詮釋義道的境界，那氣度恢弘的格局與高度，讓我自慚望塵莫及。我這才真正懂得，三十年前當她心中揀選我成為朋友時，已經是一種自我許諾。因此，儘管時空相隔，聚少離多，她皆秉持義道一以貫之，在我身心顛沛困阨之時，即使我不呼喚，她也一定飛奔而來。碧惠以義道之情守護灌溉，三十年如細水長流，恰似平穩舒徐的提琴樂音，絲絲入扣。我何其有幸，擁有「皚如山上雪，皎若雲間月」般空靈純淨的至情。

儘管從她闡述的義道，彷彿得到不落形跡的許諾，但是王羲之〈蘭亭集序〉「情隨事遷」的透徹了悟，不免引發我對閨中知己的患得患失。二〇〇九年四月初，拜讀齊邦媛老師《巨流河》最後一章〈驗證今生〉初稿，其中一段是齊老師聞聽大學摯友巧珍肺癌末期，一九九三年飛到上海相見的情景：

> 到了郵政醫院，巧珍被扶著坐起來，眉眼靈秀仍在，她說：「知道你要來，我一直等著。」她從枕下拿出一張紙，隆重地，像致迎賓辭似地唸杜甫〈贈衛八處士〉詩：「……今夕復何夕，共此燈燭光。少壯能幾時，鬢髮各已蒼。訪舊半為鬼，驚呼熱中腸。……」她氣息微弱地堅持唸下去，直到「明日隔山岳，世事兩茫茫。」我俯身在她床沿，淚不能止。她斷斷續續在喘息之間說了些別後五十年

間事，青春夢想都已被現實擊破，「你到台灣這些年，可以好好讀書，好好教書，真令我羨慕。」她勸我珍惜已有的一切，好好活著。——我茫然走出醫院，知道這重逢便是訣別。回到台灣便接到她去世的消息。

將這一段讓我痛哭的文字寄給碧惠，我說，這場至交的死別令人無限痛傷；然而人生相與，能走到白髮送終的時刻，了無遺憾。於是我傻傻地問，如果有一天我們因為不能抗拒的情勢而破裂疏離，將如何自處？她說：「能成就一段美好的情誼，不僅限於二人之間的意願或誠意；使之破滅，也非全然是人為因素。也許這在在都顯示『無常』的道理。一直要維持不變，只進不退，似乎也違背了自然之道。成住壞空，四季循環，都是自然。」

我一心一意渴望人情恆常不變，竟不知人情變化原來也是恆常。碧惠以去除「我執」、修煉「無我」相勸，乃是要我追尋心靈「自由」，就像她引領孩子讓野鴿從楓樹林自由遠飛。我的腦海中再度浮現那個畫面：

三五隻野鴿飛臨地面，啄了果實，倏的一聲，飛走了。

——二〇〇九年五月十六日

一滴汗水

我和陳玉芬雖是台大中文研究所的學姊學妹，但我年長七歲，要相識相交並不容易。我想，這份因緣，除了玉芬的美心善念，一定還有上天對我的眷顧。

那年，玉芬選修張清徽老師的古典戲曲課程，下課後張老師照例請同學一起到學校餐廳用餐。白髮蒼蒼的老師，兒子都在美國，師丈早已辭世，孤身一人，每次用微薄的鐘點費請學生吃飯，飯後總是說一句：「謝謝你們陪我。」玉芬選課時，我已經修完博士班學分，偶爾回來和張老師聚聚。席間我認識了玉芬——一位才思敏捷、能言善道，眼神充滿睿智的女孩。

彼時，我略有厭食現象，玉芬發現我吃得很少，只是到場插科打諢，承歡膝下。幾次之後，終於問我緣故，「體重過重，穿起背架感到胸悶，走路越來越吃力，不知該怎麼辦？」我憂心忡忡。當下，只見她眉頭深鎖，若有所思：「我幫妳開減重食譜，妳願意嗎？」於是，我開始接受玉芬的食譜，長達一年，減重十公斤。

原來，大學時代，玉芬以其獨特際遇拜識名師學習中醫，把脈、針灸、拔罐皆精通。對一個攻讀文學的人，堪稱天賦異稟，她說習醫就是為了幫助父母，推及親朋好友。我寫作博士論文那一年，壓力甚大，經常頭痛欲裂，服用止痛劑無效，玉芬總是在百忙中前來為我針灸。炎熱暑天，奔波而來，有一次，為我下針時，她的額頭都是汗水，我幫她擦拭，不禁淚眼潸然：「玉芬，我該如何償還妳這些辛苦的汗水？」話及汗水，玉芬說起了她的故事。

一滴汗水，改寫玉芬的生命歷史，那年她才八歲。

一個懵懂天真的小女孩，不懂作業簿甲乙丙丁的意義，即使全班成績倒數第二名也不以為意，照樣嬉戲玩耍，無憂無慮。俗話都說「小時了了，大未必佳」，但是一個號稱智商一百四十的人，何以小時如此不怎的？玉芬理直氣壯回答：「從小聽閩南話，哪聽得懂外省老師濃重的口音啊！」

就這樣糊裡糊塗過渡到二年級，母親每天忙碌麵攤生計，沒有空暇過問女兒的課業。有天玉芬正在寫字，母親提早收攤後，突發興致前去翻閱，赫然發現作業簿大大的紅色「丙」字，忍不住提高嗓門：「夭壽哦！這字是怎樣寫的？寫到變成大餅（丙）？這樣落去哪有前途哦？」母親歇斯底里，弄得她丈二金剛摸不著頭腦，只覺得看到母親紅著眼心裡難受。

接連兩天午後放學，母親索性不做生意，牽著女兒的手，一筆一畫教導。第三天作業簿是「甲上」，玉芬捧著簿子興高采烈來到麵攤。當時長排客人，母親一邊煮麵，一邊背誦客人的餐點。玉芬在旁等候，蒸汽熱騰中只見母親一滴汗水沿著額頭流過臉頰停在下巴，母親用手背輕輕抹去那一滴汗水。玉芬跌入回憶：「就是那一滴汗水，我哭了！我悟了！我當下立志要出人頭地，要讓母親過好日子。」從此玉芬一直名列前茅，取得碩士學位，為人師表。

這一天，玉芬為我下針後坐在身旁，三十年後追憶母親的一滴汗水，依然熱淚盈眶。玉芬幽幽地說：「那兩天是母親這輩子唯一陪我寫字的日子，直到如今那多處切傷燙傷而充滿力道的手掌，彷彿還在。總是在夢寐之中看見母親在天國向我微笑招手，額頭上已不見那一滴汗水，我想母親再也不必如此操勞了。」

一滴汗水，重新雕塑玉芬的生命圖像，再轉化鑄造玉芬的巧手慧心，讓她以善體人心的慈悲情懷守護至親好友的病痛。我悄悄看了玉芬的雙手，閉著眼睛想像一位慈母牽著小女兒刻字的手掌，以及那一滴汗水……。

傳奇女醫

從一個文學創作者轉為彩光靈氣治療師，魏可風是個傳奇人物。

可風走進我的生命是從一張命盤揭開序幕。不相信的人也許會認為是無稽之談或怪力亂神，相信的人會嘖嘖稱奇。我一開始並未設定相信或不相信的主觀態度，完全順應自己的直覺，但是紫微斗數的分析，確實改變了我的想法。

二〇〇〇年暮春，簡媜用心良苦帶著我的八字請教在《聯合文學》認識的好朋友可風，簡媜只說「想問這個朋友的健康」。她回答：你的朋友今年有個刀關，病根在婦科。然後委婉地問：這個朋友的骨頭是不是有問題？令我驚異的不只是從八字看出醫生已經檢查確知的病症，更是直指「骨頭」核心問題。

我聯想母親常為我算命，命理先生總是沉重地說：這個孩子注定要手腳殘缺才能活下來。可想而知，母親有多少的不甘心，才會一再花費高額的金錢求神問卜。大學聯考放榜後回鄉，隨大哥到他岳父家，親家公也懂得命理，他將我的左手掌塗滿墨汁，覆蓋在白紙上，竟然出現一個人雙腿畸形的樣子。我寫博士論文期間，每隔幾天就嚴重頭痛，醫藥無效，台大中文系研究所學妹陳玉芬經常前來為我針灸，知我苦不堪言。有一天她師父突然來電話，玉芬將我的生辰八字給師父，請教他該如何鼓勵學姊支撐下去？師父沉吟一會兒，問玉芬：你學姊的雙腳怎麼樣了？玉芬故意反問師父，您是說她的雙腳有問題嗎？師父說：告訴妳學姊，她即使小時候不生病，長大後也會發生意外斷手斷腳，妳問她要哪一種情況？再告訴她，不經一番寒徹骨，哪得梅花撲鼻香？

這一年，我已經四十歲，聽到簡媜轉述的對話，如此熟悉，來自素昧平生的可風，不禁呼問蒼天，這究竟是純屬巧合還是命中注定？我當時面對無法解尿必須半夜急診的困擾以及子宮切除手術的抉擇，對生命感到意興闌珊，命理的觀測竟然給我另一種角度的思考，如果這是命運已經鋪排的劇本，似乎只有一條路：順天安命。

可風親手製作一串佛珠，請託簡媜送給尚未謀面的我，讓我在臥床養病中誦讀「準提菩薩的真言咒語」（簡稱準提神咒），它是七十七俱胝佛共同加持的化身，整句咒意是由覺動（大覺之動）而生起清淨的成就，以清淨的體性生起大悲作用。這是我平生第一次誦讀咒語經文，內心生發「定靜慧」的力量，陪伴我手術後不能閱讀書報的病中歲月。晶瑩溫潤的紫色水晶串連的手環佛珠，似乎也串起可風對我堅潤不渝的情誼。

那一段時間可風已經辭職，正在尋找新的生命窗口。由於她一向對中醫、命理甚有興趣，於是開始學習紫微斗數、氣功、中醫、針灸，繼而踏入能量檢測、靈氣、彩光等另類治療。我成為她實驗的對象之一，雖然戲稱自己是白老鼠，但是可風每次不辭遠道從桃園家中轉車到信義區吳興街，為我療傷止痛的情義更是深重。我對她全然的信任似乎是與生具有，固然是因為我身心多重的病痛需要不同方式的治療，更大的原因是希望幫助她，因為我知道她學習另類治療，是人生很大的轉捩點，我深信假以時日她一定會成為一個渡人迷津的心靈治療師。

我常在病痛時用電話求助，有一次我說右邊扁桃腺痛，她說，你的右半邊都痛吧！把你痛的地方講出來。我從頭痛、肩膀痛、腰背痛、坐骨神經痛逐一陳述，她說，你還有耳朵痛，因為剛才所說的痛點較強，所以被忽略了。我驚訝不已，不可思議為何從電話中她可以感受到我的痛處，這是我開始發覺她的特異。

起初，她都視情況建議我去看西醫或中醫，有一回我發燒，她突然問，願不願意我開中藥給你吃？我將信半疑，仍說願意。一小時後她傳真藥方過來，同時說明這張藥方先吃三天，接著兩天她要去考中醫特考，沒有時間聯繫，考完後她會來電問我狀況。第一個晚上因為發燒全身骨頭痛，整夜無法入睡，支撐到第二天下午並未改善，心中非常焦慮，只好看西醫打針退燒。我將中西藥隔開兩小時服用，希望能迅速減輕病情，誰知道越來越嚴重，第二個晚上開始出現嚴重咳嗽氣喘，根本無法平躺，靠著枕頭坐到天亮。在床上苦苦捱到第三天傍晚，可風來電話：「惠綿姊，你還好嗎？我剛考完試，正和媽媽吃晚餐，吃到一半，檢測你的狀況，覺得你變嚴重了，我飯都吃不下，趕緊打電話給你。」我說氣喘，呼吸困難，無法睡，怎麼辦？她在電話一端口氣非常急切：「你到底吃了什麼？」我不敢實言相告，只選擇告訴她吃了營養品葡萄籽粉。她非常激動：「葡萄籽粉會讓腦細胞更加活躍，你怎麼睡得著？而且會與這份中藥牴觸，你根本不相信我，你如有意外，我都不知道是怎麼害死你的？知不知道我現在嚇出一身冷汗，渾身發抖……」我當時非常難過，與其說她是氣急敗壞，不如說是心急如焚，而她的冷汗發抖更讓我自責內疚。那一次，我意識到自己在可風心中的位置，從此對她言聽計從。

這是我第一次領教她能量檢測的神祕奧妙，而至今仍讓我震驚的是她為家母所作的檢測。二〇〇二年暑假返鄉，看到母親食慾不振、全身無力。我安排她北上到台大醫院做全身健康檢查，等待檢查報告的日子，母親住在我們家。可風主動表示願意前來檢測，她站在床邊與母親說話，雙腿漸漸感到發軟，趕緊到一旁坐下。那天下午，整整檢測三個小時，她取母親三根頭髮，只見桌上放滿了各式各樣的西藥，全神貫注。檢測完畢之後，她提議趕緊幫媽媽掛號腎臟科，神情非常嚴肅。我拿出台大醫院門診掛號手冊，她一一檢測醫生的名字，選擇對母親最有幫助的戴醫生，然後叮嚀：如果戴醫生不能為媽媽治療，請他介紹另一位醫生。我當時不解，戴醫生是腎臟科權威，怎麼會有此假設？

幾天後門診，戴醫生看到健康檢查報告，面色凝重說：尿毒症，趕緊洗腎，你們回台南要到成大或是奇美醫院？我頓覺晴天霹靂，仍沉著應答「成大醫院」。醫生隨手寫了推薦信。搭計程車回家的路上，我哭著打電話告訴可風檢查結果，沒想到她平靜地說：「我檢測的時候已經知道，只是覺得應該由醫生告訴妳。」我這才恍然大悟可風的叮囑。

再次感受到能量醫學檢測的震撼，是二〇〇五年初夏。我發現右手經常拿不住東西，寫板書無力，甚至無法用筷子夾起雞肉。可風認為她當時功力不足，於是請她的桂枝老師幫我檢測原因，既不是腕隧道症候群，也不是手指筋膜炎，而是肌肉萎縮。我想起博士班學彈古箏時，老師發現我的右手拇指無法反撥琴弦，仔細一看特別瘦小，這才繫聯自己不正確的握筆姿勢，原來幼年小兒痲痹濾過性病毒曾經感染拇指部位。可風聽我追述，說了一句：「妳的肌肉萎縮是不可逆的現象。」我不放棄，到台大醫院看過骨科、復健科名醫，醫生一致評估這是小兒痲痹後症候群的肌肉萎縮，不能治療，也無法復健，只能盡量讓手多休息。

我忽覺天旋地轉，上天取走了我的腳，而今將再取走我的手……。

一週後，我喉嚨劇痛，咽喉如有圓石橫梗，難以吞嚥，講課困難，別無其他症狀，完全不像感冒。可風檢測不到我可以吃的藥，我不信，先看西醫，一週後再看中醫，全無改善。我實在受不了，忍不住對可風哭了起來，她語重心長：「你的細胞完全接收厭世的訊息，既然你萬念俱灰，身體就從影響你工作的致命傷發端，讓你無法教書。我必須提醒，你的心越悲傷，手會萎縮得更快。」一生平第一次體會，生命中竟然有不敢悲傷、不能悲傷、不可悲傷的事情……。

四、五年來，我一直以朋友的身分接受可風的治療與諮商。就在這幾年之間，可風已經成為一個治療師，開始在李桂枝老師開設的工作室工作。二〇〇五年九月起，因為體重增加，穿背架感到呼吸不順，為了減重，主動請求可風為我開食譜，平均七天更換一次，正式成為可風的個案。使用食譜需要具備「四有」：有心（甘心接受）、有愛（家人支持）、有錢（一份食譜五百元，還有昂貴的食材，例如牛筋、鮑魚、海參、竹笙、亞麻仁油等）、有廚。最難得的是大廚師，幸有趙老師全力支援，她說在有限的食材中求變，學得四變。首先「變色」，例如青椒、黃椒、紅椒搭配白色山藥，色香俱佳。其次「變身」，將相同的食材切割塊、條、絲、丁，例如將吃剩的牛排切絲拌四季豆，四季豆吃完不想吃肉，剩了些牛肉絲，再將絲切丁拌豌豆。第三「變味」，例如食譜沒有醋，涼拌小黃瓜擠幾滴檸檬。最後是「變節」，打破食材的傳統搭配，例如豆干和西洋芹切丁炒黃豆；例如雪菜一向炒紅辣椒和肉絲，改炒紅蘿蔔；又如秋葵配玉米粒，這道食物是最失敗的變節，黏膩膩的，像含入一口膠水，難吃無比。感謝趙老師，我尊稱她為「趙長今」。

趙老師因為三酸甘油脂和膽固醇偏高，也自願開始接受食物能量調整。半年後她不再需要服用高血壓藥，也不會暈眩或臉部潮紅，兩年後生化檢查各方面都趨於穩定。使用食譜需要高度的意志力與忍耐力，不免覺得像個苦行僧。人際網絡中總有餐會活動，有時也不能完全遵守，有時也渴望品嘗美食，當然只好「偷吃」。一旦偷吃，沒事就好，若有不舒服去問可風，立刻會被她檢測出來「吃錯東西」，我和趙老師大有逃不出如來佛掌心之慨，不約而同說她簡直就是「巫醫」，我們祕密協商以後偷吃東西，不宜再自投羅網。有一次與可風聊著，「巫醫」二字不小心說溜了嘴，她笑說古書上「醫」本來就是寫成「毉」。我查字典，確認「古文毉，療病也；亦官名也，古巫咸初為毉。」從此名正言順稱她「巫毉」。

使用食譜一年後，我的免疫力增加，較少感冒，即使感冒也容易康復。原本是為減重，生病時竟然兼有治療作用。有時輕微感冒不用吃藥，使用食療也能痊癒。食譜改變我的飲食習慣，也加強了我對食物能量調整的信念。二〇〇六年教師節，我的頸部突然不能轉動，無法坐起，無法翻身側臥，只能平躺，這幾乎是癱瘓的感覺。我問可風，這麼嚴重是否該去急診住院？她說：「你伏案時間過長，沒有讓脊椎休息導致如此。如果你去醫院，可能會開刀，如果你請假在家臥床加上完全配合食療，兩三個星期應該可以復原。」好大的風險，我到底相信或不相信，萬一延誤病情，如何是好？其實可風的壓力遠勝於我，她顯然請示過桂枝老師，說我的頸椎胸椎有移位，先臥床幾天再去她介紹的天合堂傷骨整復所。翌日，我立刻包車前往整復所調整歸位。整椎之後，我決定請假臥床。長達半個月，能吃的食物只有糙米、牛肉、虱目魚、牛奶，蔬菜只有九層塔，沒有水果；情況稍微好轉時，也只能吃牛筋、冬瓜、絲瓜、龍鬚菜、水蓮菜、白蘿蔔少數幾樣。沒打針沒吃消炎藥，靠著臥床和食療，一個月果然完全復原。後來可風告訴我實情，除了頸椎胸椎移位，更嚴重的是椎間盤有突出的徵兆，那幾乎是因為每日伏案太久，下背部從尾骨往上壓迫，使得脊椎手術的鋼棒沿著椎節往上頂所造成的，如果我沒有百分之百的配合，後果不堪設想。那一段時間，可風天天打電話詢問進展。如今回想她為我擔待的憂心，豈是一個朋友或治療師當該承受的？

此後我再也不能連續久坐，在家工作的日子，每隔一兩個小時就需要臥床，算是找到與脊椎和平共存的方式。二〇〇七年十一月中旬，回家進入電梯之前要上三個台階，電動輪椅衝上斜坡板時，沒能精準控制搖桿，不小心翻覆，導致右肩膀拉傷，肩頸動作都會拉扯疼痛，當然是椎節肩膀相關骨節又移位了。這一場輪椅車禍造成的傷害不小，致使我無法回鄉過年。那一段時間我的椎節動輒得咎，每週都要去天合堂治療，可是過年時間醫生休診。大年初一，可風抽空來看我，她在我背後，雙手扶著我的頭，幫我調整，很有效果。我問，你怎麼知道如何整椎？她說：「我想像自己是陳醫師，順著腦海中的圖像動作幫你調整。」自此之後我對她更加依賴，可是她在桃園，過年後也有個案，不能常來台北。過了幾天，我頸椎不舒服又去煩她，她在電話中口述一連串的動作，竟然也能讓我調整歸位。我又問，你怎麼知道要指導我做這些動作？她說：「我想像自己是你，陳醫師如何幫我調整，於是腦海中就出現了那些動作畫面。」每次口述的動作都不一樣，每個動作都很複雜，我從沒能記住。雖然可風開玩笑：「多虧有你常常來踢館，我才能激盪腦力想出各種應對的策略。」但這實在太神奇，我對她的天賦異稟，只能歎為觀止。

不久可風在淡水工作室附近買了房子，我暗自欣喜，以後可以打市內電話方便多了。我揣測晚上十點左右，她工作結束可以接聽電話，有一天她說：「抱歉！我非常疲倦，實在看不到任何畫面幫你調整，以後在早上打電話給我。」忘記問幾點合適，又自己揣測八九點左右吧！她說：「有時五六點起來檢測食譜，然後再去睡回籠覺，請你以後打手機，市內電話鈴響會嚇到我。」遵照指示打手機，她說：「有個案的時候不能接聽手機，請你以後有事寫e-mail。」

我一心只想用電話求助，能夠立即解決我骨節移位的疼痛，但是我忽略了她的生活時間表，忽略了她個案治療工作的精神負擔與心理壓力。我們先有朋友情誼，而後因為她走入能量醫學成為治療師，我正式付費而有「醫病關係」。因身體病苦而尋求她的治療，卻在不知情以及不適當的時間干擾她的作息，猛然驚覺，我過度憑恃她的友誼，過度借用她的專業，我已經失去分寸。可風的反應對我是很好的教育，讓我反省並且學習拿捏朋友關係與醫病關係的分際。從此，週四至週日她在台北工作的日子，我幾乎不再打電話，如有急問事情，一律用簡訊或電子郵件，她必定抽空回覆。感謝可風寬容我的任性，並且能再度接納我尋得恰當之道，護全這份珍貴的情誼。

我的食療法終於出現「三年之癢」，我以為熬過前三年，可攝取的食物種類應該增多；我也以為食譜除了兼具藥譜之外，同時也是身體檢查的指數。可風說她只是「翻譯者」，而我被翻譯的食譜，大多只能攝取少量的食物。因為曾經做過脊椎側彎矯正手術而植入鋼棒，從胸椎到尾椎長達四十公分，更容易吸收外熱；加之面對E化的教室，每週三天被燈管照射，週而復始，我的食譜永遠不忍卒睹（即使在寒暑假期間，食譜也是黯淡無光）。我感到絕望，每張食譜似乎意味我處在無期徒刑之中，我向可風抒發對食譜逐漸抑鬱抗拒的情緒。

過了幾天收到可風的長信，沒想到她路過台大，順道去找我平常教書的共同一〇二教室。原來她事先仔細檢測我內熱的問題焦點，百分之三十是電磁波，百分之七十是燈管的光效能輻射，實在不知道有什麼更好的方法可以幫助我解熱，只好親自去我上課的教室。她觀察教室燈管很細，不同於一般日光燈，回桃園家中專程繞到特力屋尋找，證實是最新品種，稱為「T5三波長特效日光燈管」，比普通日光燈環保壽命長，更省電更光亮，雖然光效更好，卻會使身體變得越來越熱。搭乘捷運看到車廂用毛玻璃遮住的日光燈，忽然得到一些想法：

如果在講台天花板上的那三格燈以及背後黑板的燈，都用毛玻璃遮光，這樣可以減少20%的熱輻射；如果連前兩排六長格都用毛玻璃遮上，可以減少40%；如果不開講台燈，並且學生座位前兩排燈用毛玻璃遮光，可以減熱60%；當然如果不開講台燈和學生座位前兩排的燈（這在教學上不太可能），可以百分之百減熱。所以能夠減低「被燈管曝曬」的方法，就是盡可能少開燈，或是多多利用放映機，或是準時下課，跟學生一起去走廊乘涼。

這封長信很科學、很實際，也很有求證精神，雖無抒情浪漫的文句，卻讀得我淚眼潸然……。身為朋友兼治療師，可風為我付出的心血與時間，深深撼動我。生命中有此知交，夫復何求？

這些年來，可風閒暇之餘所到之處，總是將我牽繫在心。她與桂枝老師到超市，無意中看到調配為茶包的靈芝人參茶，請桂枝老師檢測，發現它可以促進我的血液循環，三年下來，冬天季節雙腿不再凍得發紫，也比較不怕寒冷了。她到士林特力屋看家具時，檢測到對我脊椎、頸椎最有幫助的記憶健康床墊和羽絨枕頭，床墊尤其可以減輕尾椎壓迫的疼痛，會有較好的睡眠品質；因為價錢昂貴，立刻來電商量，隨即代為訂購。她到大賣場購物，看到日本出產的大麥嫩芽青汁粉，檢測它對筋骨和解熱極有幫助，主動買了一包寄過來。她到醫院醫療用品專櫃看到粉紅色雞蛋形狀的軟球，隨即買了兩顆寄來，叮囑我的雙手一定要適時做握球運動，可以訓練左手肌力，尤其可以減緩右手肌肉萎縮。二〇〇九年四月上旬，我右手出現疼痛症狀，寫信問她是否明顯惡化？她回信：「你的右手萎縮惡化20%，握球運動可以讓它恢復80%，萎縮的原因是你最近握筆的動作太頻繁。握球是肌肉動作在不斷變化中取得伸展平衡，握筆是維持幾乎僵硬不動的肌肉拉扯，兩種動作看起來很像，卻完全反效果。其實追根究底，所有的情況都是因為你工作過量造成，很抱歉還是得這樣跟你說，不過我想你自己應該也很清楚。」過了不久，她寄來一副竹碳護腕手套，說是與桂枝老師逛夜市時看到的。在淡水看到牛骨梳子，她也買一把送我，要我常常梳頭，促進頭部循環。不只是這些醫療用品或營養品，凡是生活中種種疑難雜症，旁及趙老師以及我的雙親家人，甚至助我輔導憂鬱症學生，我幾乎到了一種「每事必問」的狀況。可風不只是「巫醫」，更是我生命中全方位的心靈治療師。

中年以後體會世情無常，特別鍾愛白居易的樂府詩〈太行路〉：「行路難，難於山，險於水。不獨人間夫與妻，近代君臣亦如此。君不見左納言，右納史；朝承恩，暮賜死。行路難，不在山，不在水，只在人情反覆間。」我常常感到困惑，人生相與既然能夠擁有二三十年的情誼，何以不能夠再給彼此一次機會，卻因為不能溝通寬諒而在一夕之間忍情割捨？我只能默問蒼天，是否前世累積的因緣不足，必須提早劃下句點？我也常常自問，今生今世我何以能獲得可風慷慨惠賜豐厚的能量？倘若也是前世締結的善因善緣，請容我懇求觀世音菩薩許我一個未來，讓我可以與這位生命貴人——傳奇女醫，在友情的世界中創造另一種「白首偕老」。

——二〇〇九年八月八日

仁者人也

何謂「仁者人也」？中學時代聽《孟子》課時，囫圇吞棗一知半解；執起教鞭傳道授業，仍覺抽象難解。直到近日「閱讀」吳教授的人格，領略其仁者情懷，向我示現悲天憫人的精神。「仁者人也」的鮮活典範讓我豁然貫通。

這番見證主要來自家母的病裏因緣。家母罹患糖尿病甚久，病情轉至虛弱無力、食慾不振、噁心嘔吐，安排她從台南北上求診台大醫院前任院長戴東原教授。戴院長看了檢驗報告，面色凝重言道：「尿毒症，恐怕要洗腎了。」寫完轉診介紹信後親手遞給我，且叮嚀趕緊回成大醫院找新陳代謝科主任吳教授。一看吳教授名字，腦海中立刻用「達士」「仁人」詞語，勾勒出一個傳統儒者的形象。

據家母轉述，吳教授解說病情甚為親切，然家母卻強烈抗拒洗腎。我以淚筆寫信給吳教授，一則感念其關懷備至之情，二則解釋家母倔強個性。隨函呈送自我心路歷程的散文集

《用手走路的人》，而家母如何撫育殘障女兒的曲折書寫其中。

兩個星期後，喜出望外收到回信。吳教授在繁重教學研究和行政醫療工作中，抽空讀完我的生命故事，融合佛家道家之意給予高度評論：「臣服於天，成就空的智慧；努力人事，成就色的智慧。不偏不倚地成就天人合一。」我得承認永遠寫不出如是精彩的文句來賞愛自己，吳教授轉筆又純以禪家之語抒懷：「即使作為醫師老師，自覺最缺如來千萬法門的智慧，因此不斷自我精進，就是希望能開啟病人做自己主人的智慧。」那晚開啟電子信箱已是凌晨，誦讀吳教授千字的信函，字裡行間的仁者情懷，如天籟如人籟，那夜我竟安然入睡。三天後家母緊急洗腎，我憑藉這迴盪心靈的天人樂音，勇敢扣門，請求援助。

家母住院期間，吳教授頻頻探視，也時時以文字安慰我的憂愁幽思。他耳提面命要我告訴家母「如何使用拐杖」，他感慨：「世間有許多拐杖，給人用不夠，教人用也不夠，教人用而且用得好，才是智慧。」醍醐灌頂之語，其實也教導我學習放下拐杖的牽絆。畢竟生老病死，有一半是上天的旨意。透過書信文字，我閱讀到一位儒釋道兼備的仁者，他成就「天命」的職責，撒遍甘露於「人間」患者，是己立己達而立人達人的仁者。

原來，「仁」的意義非教條、非口號，而「仁者」可以跨越素昧平生，超越性別年輩與身分地位，的的確確是一個頂天立地的「大人」。

廚藝乾坤

第一次吃黃照美女士烹調的美食，是在台大醫院婦科病房。一諾千金的黃姊，慨然允諾送我進開刀房。當天清晨七點，她如約來到。那一刻，我活下去的士氣仍然低迷，輕聲言道：「但願在手術台上一睡不醒。」她嗤之以鼻：「開玩笑！赫赫有名的黃醫生，不會因為妳這個小女子毀了一世的英名啦！」面對困境，她總是有「四兩撥千斤」的瀟灑。

歷劫歸來，第一位送補品到病房的就是黃姊。她深知病人手術後的胃口，因此不熬滋補藥膳的四物雞湯，而煮甘甜純淨的清燉雞湯。我一向不喜歡喝雞湯，但是腸胃排氣後的午餐喝了一碗，甚至原本不愛煮湯的雞肉，居然吃了兩塊。飽足之後，忽然傻傻地想：「為什麼雞湯不油膩？為什麼雞肉這麼鮮嫩？為什麼雞塊沒有骨頭？」原來是雞腿去骨切塊，先將雞骨用幾片老薑、幾粒蒜頭、幾滴米酒熬湯二十分鐘，再將雞塊放入煮十分鐘。這就是照美姊的飲食藝術，化簡單平凡為奧妙神奇，猶如將她人生一連串的「問號」轉化為「驚嘆號」。

感謝簡媜牽引，得與黃姊結緣。八年來，生命中多了一位疼惜的「大姊頭」，分享喜樂，化解悲苦，往往出奇不意送來許多佳餚。有一天傍晚我正在上課，她突然出現在教室門口，我向她揮揮手致意，繼續上課。當晚她向簡媜告狀：「我專程送去酸白菜、東坡肉和獅子頭，惠綿居然讓我站在教室外面枯等四十分鐘，國民生活須知都不及格，虧她是個教授！」

自從發現我上課「六親不認」的廬山真面目以後，索性「限時專送」登門造訪。有一天上午十點左右，突然來電話：「中午不要弄午餐，找簡媜一起來吃潤餅。」我一邊兒吃得津津有味，一邊兒問：「怎麼突然想起要吃潤餅？」黃姊輕描淡寫：「我媽媽生前最愛吃潤餅，想念她老人家的時候，就做潤餅。我包了六個潤餅供在後院請她回來享用，其餘帶來一起吃，熱鬧。」不用三牲，不用水果，只是六捲潔白素淨的潤餅，包捲天人永隔無限悵惘；而這樣超越世俗儀式的遙想祭拜，不在生日，不在忌日，只在內心方寸之間，念茲在茲。我細想這份母女情緣，淚水不禁溢滿眼眶……。

不知不覺，以黃姊為圓心，以簡媜、惠綿、趙老師為半徑，畫成四人小組的小圓，不定時地向黃姊取食取暖，我們樂在其中。有一段時間，她向我們宣布：忙碌。忙什麼？原來不辭奔波，到處義務指導朋友學習烹調東坡肉、醬蹄膀、獅子頭、滷牛腱、鹹粿、酸白菜、瀏陽豆豉（湖南名產）等料理。有人將烹調祕訣藏私，但是黃姊推己及人，她說：「讓大家都吃到既經濟又美味的食物，多快樂！」

黃姊的飲食烹調是創作藝術，灌注能量溫暖朋友更是無價情義。因此，當她憑藉刀鏟鍋碗，將各色品類的食材精雕細琢出一盤盤色香俱全的佳餚，彷彿也將人生的酸甜苦辣重新鋪排。月之陰晴圓缺、人之悲歡離合，逐一收納於五彩拼盤，成為黃照美女士廚藝乾坤的化境。

清泉石上流

手持先生的藥方，總會有一種錯覺，彷彿獲得一位書法家為你當場揮毫的字帖。那字體非楷非隸，介於行草，點、畫、撇、豎之間勾連自如，不激不厲，雍容大度。不同於王羲之委婉含蓄，遒美健秀；不同於歐陽詢之筆劃方潤、纖細得中；不同於顏真卿之肥碩豐潤、圓緊渾厚；不同於柳公權之瘦挺勁媚、棱角外捉。試問先生自中學時代心摹手追諸家書帖，神似何人？先生自謙：都學不像。想必是從摹體中脫出，形成自家體勢風格。寧可請先生以其絕慮凝神之筆為我摹寫李白的〈月下獨酌〉放置案頭，也不願它是一張一張的藥方。

每次到中藥行抓藥，老闆總會問：「這藥方是大陸醫師開的嗎？什麼名字？診所在哪裡？」我都無以答對，因為不知如何詮釋這位具有傳奇色彩的先生。其實他是工程師，拜名師習中醫是奇緣。我雖蒙其恩澤，早先僅知其姓不知其名。人生相與，擁有這樣「忘名之交」的因緣，也算人間難得！

二哥軍法官退役轉任台北一家工程公司擔任法律顧問，成為先生的同事。當時我已長達一年不知飢餓，藥石罔效。經由二哥牽引，請先生下班後為我看病。就在二哥居住臨時搭建的工地宿舍，第一次拜見了先生。人一旦久病，難免疑心自己病入膏肓。先生耐心聞聽我絮絮叨叨陳述病史，竟四兩撥千斤說沒問題；遞藥方時微笑言道：「如果能自己加一味藥，將更有療效。」我正疑惑，彷彿聽到一位悲天憫人的世間菩薩，輕輕緩緩地送出：「情緒管理」。

工地宿舍還有人等著看病，想必也是蒙受因緣前來的病友。我離開時，月兒已東升，斜照著簡陋黯淡的宿舍。先生的藥方還在背包中，我卻感到一股清澈的泉水注入久病身軀。

自此先生成為我的良醫顧問。有次回南部鄉下，大年初一急性腸胃炎，診所皆放年假。二哥趕緊打手機請先生開藥方，服用兩帖後穩住病情。我就這樣一次一次，在不同病況下接受先生的藥方。先生體念我上樓不便，往往親自來家中探視。中醫歸納診斷疾病之法，有「望聞問切」四診，但先生極少用切脈法。那一年我婦科手術候後，先生前來，問診之後，隨即伸手切脈，以便更精準用藥。那一個月，幸虧先生一張一張藥方的調理，至今未曾出現任何手術後不良後遺症。感謝他視我如自家妹妹般耐心醫護。

今年初，母親病危，匆匆南下探視，靜待其生命跡象穩定，五天後我暫回台北處理事情。不想，翌日竟染患重感冒，幾近失聲。先生得知，特於尾牙之前撥冗而來。開完藥方後，他淡淡追憶十餘年前岳母車禍，岳父陪同轉院過程中，氣喘發作，兩人同一天往生。隨即話題一轉，說他下班時收聽愛樂廣播電台訪問一位藝術家，提到台灣國際藝術節中，雲門舞集新作品〈聽河〉，將二〇〇九年八八水災的畫面融入，最後全場燈暗，燈再亮起，舞台上一片茫茫白霧。一位外國人問：這就是你們佛教所說的「四大皆空」嗎？

我聽懂，先生並非隨意說故事，他以歷經親家天外飛來橫禍的大慟，向我示現生命無常；再揀選我鍾愛的戲劇舞蹈所詮釋的真實主題，向我示現生命總歸空幻。先生僅僅停留三十分鐘，度化的深意，盡在其中。聽說先生喜歡下棋，經常到居家附近的公園與高手對奕，總是到深夜才興盡而返。這回前來，他顯然自備了棋盤，不過，他只下三個白棋：藥方、無常、空幻。我縱有滿罐黑棋，一無所用。先生果然是下棋高手。

行雲流水的藥方與心靈的棋盤，該是先生義診時的必備法門。二十餘年來，先生大多隨著全省不同的工程計畫調任各地，所到之處，隨緣義診。每週返北，安排星期日在家中義診，行之多年；我也介紹許多久病的朋友和憂鬱症的學生，蒙受其惠。

回憶第一次離開工地宿舍時，月兒斜照的情景，不禁浮現王維詩句：「明月松間照，清泉石上流」。先生之行止猶如明月清輝從松林間照射下來，每一個病人都在林中空地沐浴著點點月光。先生的藥方如同山泉清冽，淙淙流瀉於山石之上；每位病人都像一顆久經日曬欲裂的石頭，蒙受清泉滋潤而重現光澤。

「清泉」正是先生之名號，我方知人中有畫，畫中有人。

——二〇一〇年二月七日修訂

看榜・問榜

夏日黃昏的校園，火燒似的烈日西沉，放學下班的人潮，顯然比平時上課時間更熱鬧。此時總會看到不同的動態：或駕駛汽車倏忽而過，或騎腳踏車迎風展臂，或行步匆匆，或攜手漫步，或駐足敘談。數十年來，不變的校園猶如一張白色畫布，任憑歲歲年年的學子過客在畫布上構圖著色，繪出一張一張穿梭交織的故事。這其中也有一張記憶的圖畫，那是大學摯友王珠美為我在校園躑躅的畫面。

那年六月報考博士班，儘管自知筆試考得不理想，多少存有一點點僥倖之心，希望能在邊緣幸運錄取。系辦公室放榜時，正是黃昏時分，與其說是遠在淡水的理由，不如說是缺乏親自看榜的勇氣，於是珠美專程留校為我看榜。

那天我一直站在後陽台看觀音山夕陽，從彩霞滿天看到雲層黯淡，始終沒接到任何電話，深知落榜已然如落日。大約七點左右，電話聲終於劃破沉寂，是珠美。她欲言又止，無法成句；然後我聽到她深呼吸的聲音，努力拼出的一句話是：「我在校園徘徊好久好久……，不知道該怎樣告訴你……。」我放聲痛哭，是不忍聽聞高分落榜？還是不忍傾聽好友為我徘徊？

第二年我東山再起，如願以償。這回雖已篤定，還是沒去看榜；珠美當時在中研院上班，也來不及回學校看榜。當我向她報喜訊時，不免歉意萬分：「這次你如果去看榜，就不會在校園流浪了。」她笑著說：「哈！我早知道今年你會考取，穩如泰山靜待佳音。」我很困惑，「啊」了一聲。「是呀！考試前，我早已到行天宮為你祈福。我還抽籤擲筊杯，不但是上上籤，筊杯一擲就是吉兆。我樂得很呢！憋死我了，今天才能洩漏天機。見面時把那張上上籤交給你做紀念吧！」我聽得傻眼，原來這回珠美先到神明那兒「問榜」去了。

儘管時空已遠，珠美因結婚成家調職中部，難得見上一面。然而每當我行經椰林大道，總是浮現珠美依依徘徊的身影，想像珠美到廟裡合掌祈求的虔誠模樣，心中都會泛起圈圈的漣漪。若非至情相交，焉能到此境界？多年以後，我歷經他人背棄友情道義的挫折時，回首珠美這份為我看榜問榜所蘊含的深情厚誼，依舊含淚而笑。

舐犢之愛

彭雅玲婚後定居台中，仍在台北教書。平日各自忙碌，她周末又得南北往返，相見不易。相識若干年來，找到時機便來探望，一進門就問：「身體都好吧？」一邊從背包拿東西一邊說：「這次送你一本書，該不罵人囉！」我當真是書，特意取來老花眼鏡，只見書帶標題「史上第一本必吃的書」，原來是包裝成書本樣式的手工牛軋糖。我故作嬌嗔：「好啊！如此戲弄我！」就是這樣，每次不只帶來別具風味的食品點心，更捎來盡在不言中的情誼。

這回暑假，北上辦事，兼程訪友，我順口問：「是不是正好趁機在台北娘家住上幾天？」她趕緊搖頭：「不行哦！家有小犬，我得趕回去。」我一臉疑惑：「啊……？小犬？妳什麼時候有了兒子？」她微笑：「是我養了一隻小犬。小犬有生理時鐘，每到週五情緒特別高昂，就是知道媽咪要回家了。」我瞠目結舌：「原來妳每週奔波回家就是為了小犬？」這次她不用語言回答，而是理直氣壯地點頭。

雅玲繼續述說，若是週五當天傍晚尚未抵達家門，小犬就會到電話旁邊不斷呼叫，一定要聽到媽咪的聲音，親口告訴牠不能回家的理由，還需爹地安撫半天，才肯安靜下來。然後帶著惆悵的眼神，步履蹣跚走出客廳，蹲在大門口，悶悶不樂，不吃不喝。雅玲敘述之後下結論：「所以，非不得已，週五下課一定開車直奔家門。」我不可思議：「天哪！妳不覺得這是牽絆嗎？我穿著六公斤的支架，拄著兩公斤的拐杖，行走之間都像背個沉重大包袱。換成是我，絕不攬這樣的牽掛。」雅玲不輕不重回了一句：「也許是因為你背著包袱，所以習慣用牽絆的眼光看待事情吧！」頓時覺得當頭棒喝，想不到我用自己的「成見」解讀生活事件。當我以為雅玲被愛犬捆綁時，實際上是我被自己捆綁。剎那之間，我感到羞愧。

雅玲看我沉吟，隨即轉移話題：「妳看！這是我給小犬買的點心。」是圓形的豬耳朵，深褐色之中依稀可見一圈圈輪軸，極像可口的肉乾。「這是小犬乖巧時的獎賞。有時給牠兩塊，牠高興就啣一塊送到我的嘴巴，表示回贈，我就收著，放在枕頭下。第二天早上起床，牠兀自從枕頭底下啣去，我和牠爭奪：『咦！這是你昨天送給媽咪的！』小犬才不認帳呢！對我搖搖尾巴，走出臥房去了。」雅玲像個母親，敘說著她調皮搗蛋的兒子，眉眼之間蕩漾無限甜蜜，聽得我入神。

原來，舐犢之愛不只形容老牛以舌舐其犢的情感，也貼切父母愛子女的比喻，更傳神地表述人類與動物之間的深情，雅玲說：「小犬對主人永遠不會背叛。」我真實地感受到小犬不是情感的羈絆，而是雅玲喜樂的泉源。難能可貴的是，雅玲對朋友對寵物的溫情與細膩。

盛夏的午後，因雅玲來訪而滿室生風，頗有暮春時節「微雨從東來，好風與之俱」的洗滌和沁涼。

金蓮鞋

聽說南朝齊東昏侯用黃金為寵妃潘玉兒打造貼地蓮花，讓潘妃步行在金蓮上。想像潘妃翠裙鴛繡之下的小金蓮，姿態曼妙、婀娜輕盈盡在其中。於是我也想像自己的手猶如一朵蓮花，手指提起那雙金蓮鞋在蓮花手中搖曳生姿、鈴鐺聲響。金蓮鞋不是一雙，是兩隻不同顏色的小彩鞋，塑膠材質，木屐形狀。鞋長只有兩公分，一隻是黃底搭配藍色鞋面，一隻是粉紅色搭配淺綠，鞋端用一條深紫的中國結串起一個圓珠形的銀色小鈴鐺。不過就是兩隻色彩繽紛的小鞋，用來當裝飾品都不太起眼，但我許它一個浪漫的名字：金蓮鞋。

藍兄將金蓮鞋送我時，刻意將編織成中國結的細長絲繩繫成一雙，那是見面禮。原先說好只當筆友，通信一段時日後，藍兄邀約見面。我遲疑甚久，因為是好友介紹，不忍婉拒。我還記得西餐廳的名字是「愛琴海」，他靦腆地說：「是妹妹幫我找的地方。」那個年代要找無障礙的一樓餐廳，的確煞費苦心。初次相見的安排，顯然驚動他的家人。

藍兄清秀俊雅，人如其文，學數理的男生能寫一手蒼勁挺拔的好字，筆鋒常帶細膩感情的美文，的確讓我讚歎。談吐溫文的藍兄，即使拄著雙柺，步履蹣跚，都不掩其書生氣質。也許因為具有相同的命運際遇，頗有契闊談讌、惺惺相惜之感。話題轉到他從報章副刊讀了我的散文〈鞋〉，他說：「最後妳幻想穿著母親送的第一雙彩色涼鞋，要輕踩淡水河上一盞盞的燈影，捕捉波光蕩漾，滿載一船星輝的情懷，真是神來之筆。」接著他取出了精緻包裝的小禮物：「我找了好久，送妳。」拆開一看，就是這雙金蓮鞋。不是怦然心跳，卻是滿懷感動。這樣小巧的玩具彩鞋，放在任何一個櫥窗櫃絕不會引起我注意，我實在無法想像，行步艱難的藍兄是如何一跛一拐到各處禮品店尋訪而得？我久久不能言語……。

鞋者，諧也，藍兄用心找鞋的情意，我雖完全了然，仍堅持初衷表述：「我們成為分享生命經驗的好友，而不是男女朋友，可好？」分別之時，我送藍兄上車，清瘦的身影略顯黯然神傷，臨別再問一次：「妳真的不願意給我機會嗎？」「是我不給自己機會。」我回答的聲音極輕極淡。目送藍兄離去，金蓮鞋握在掌心，佇立許久。

藍兄一別音訊渺茫，金蓮鞋隨我幾度搬遷，不曾丟棄。當年雖然沒有接受他示意的感情，但是萍水相逢的因緣，以及讀鞋、訪鞋、買鞋、送鞋的赤子之情，至今依然珍藏。二十年，物在情在。金蓮鞋，此物何足貴，但感別經時。

有情年年送春來

每到歲末，同窗老友小麗必寄來月曆，或世界風景名勝，觀之足以神遊；或中國古畫文物，賞之令人讚歎。有一年見面，我突然問：「寄給我月曆多少年啦？」她略微瞇起雙眼回想：「不記得了，好像從我到台北上班就寄了吧！在貿易公司各種月曆都有，我一定精挑細選，選一幅最優美的寄給妳。」我心頭為之一暖，不曾許諾，卻年年寄贈月曆，默默牽繫，長達二十餘年。

我們小學不同班，兩家住處僅隔一個十字街口，對匍匐而行的我，到她家的路都覺得遙遠。我完全不復記憶怎麼會玩在一塊兒？十二歲那年，決定北上就醫，家中既無電話，又不能親自辭行，匆匆離去，從此一別經年。這個轉折，註定我一生成為異鄉人，且告別童年的友伴。儘管多年後，同在台北的天空下，卻因為忙碌，難得見面，通話亦少。彷彿來不及傾訴彼此成長的點點滴滴，倏忽之間，已然四旬過半，早生華髮。

我們一年一度的見面是在回鄉下老家過年。唯一的小學同窗前來相訪相談，為寂靜平淡的年節粧點幾許熱鬧，這種期待悄然形成，亦如期待歲末之際收到小麗親自挑選的月曆。這才恍然，原來打從小學，一直都是她主動親近，在我備受別班同學嘲笑跛腳的時候，小麗以純善無邪之心，陪伴我孤獨的童年。離鄉背井後，不因時空相隔而日漸疏離，皆因小麗念念在心。年年寄贈月曆，目睹小麗的筆跡；歲歲造訪家門，聞聽小麗的聲息，皆如春天的跫音。

小麗來訪，無須相約，因為我總會在家。不期而來，也有動人的插曲。有一年，因除夕吃火鍋，引發胃部灼熱，為我食療的可風建議必須食用西洋梨和香椿。未曾聽過吃過香椿，鄉下地方也不知哪兒可買西洋梨，小麗一聽趕緊回應：「鄉下一定有人種香椿，我去找；下午我要去麻豆，繞道大超市幫妳買西洋梨。」黃昏時候，小麗捧著一把香椿，興高采烈：「我在附近找不到，到了麻豆開車沿路問誰家種香椿，終於遇到一位熱心人指引我去，採一大把回來了。」一心窩一陣溫熱，霎時，我明白小麗鍥而不舍的性情。那是一種情義的堅持，正如她堅持年年寄贈月曆，絕不間斷。

然而，我從不知道這位春機盎然、與人為善的老友，竟也有一段不堪回首的滄桑記憶。小麗自幼雙親離居，母親獨力撫養兒女。小學一年級，她繳不出班費，老師每天在早自習時間當眾公布名字，並且要求所有未繳班費的學生走到講台挨打。有一天，老師正要打人，小麗忽然說：「我今天有五毛錢。」於是小麗瞞著母親，每天將購買水煎包早餐的五毛錢分期付款繳完班費，以忍飢耐餓換取免於挨打。小麗追憶：「直到三十歲，有一天和朋友閒聊，恍然大悟才知道為什麼早上都不覺得餓；剎那間的明白，讓自己心酸淚流不止。」話及四十幾年前往事，小麗依然哽咽……。

小麗寄來的月曆總是掛在餐廳顯眼處，每天清晨用餐，一見月曆，睹物思友，不禁輕聲低喚：「小麗！妳該開始吃早餐了！把缺憾和創傷還諸天地吧！」

走過漫長歲月，深情厚誼的小麗，年復一年以月曆捎來春的音訊，且緊緊繫住同窗故舊日復一日的牽掛。

卻話巴山夜雨時

秀秀是我十二歲的同窗，那年我們皆因身不由己的命運，到台北振興復健醫學中心接受小兒痲痹後遺症治療。悠悠歲月，其間各自歷經的人事滄桑，足以捲成一幅層層疊疊的畫軸。當出版社告知秀秀正在尋訪我的聯絡處時，我無法將她的芳名和容顏繫聯，完全找不到她究竟在第幾層記憶的卷軸中。

闊別一世的少年同窗無意中看到我的書，鍥而不舍詢問，這番情誼令人驚喜。我毫不遲疑撥打電話，正不知如何開啟話題，秀秀歡愉之聲溢於言表：「我終於找到你了！」不等我回問，秀秀追憶當年：

「我們全班互傳畢業紀念冊，唯獨你只讓少數人題寫。有天進教室，發現幾個同學正在偷看你的紀念冊，第二天你留了紙條：『若要人不知，除非己莫為』。我問你這句話是什麼意思，你不理睬。直到國一我才懂，接連寫了三封信，你家地址是台南縣××鄉××村七七二號，對吧？因為不曾收到回信，所以一直找你，想道歉並解釋我不是偷看的主謀，只是湊興看了一下。你記不記得這件事呀？」

一番敘述，卻聽得我心裡顫動。老家不曾搬遷，地址早已更改，但我不知道世間竟會有一個音訊中斷的同窗精準背誦；而為了這樁我早已不復記憶的小事件，卻尋我三十年。我不禁眼眶溼熱：「秀秀！今天該是我為當年的少不更事向你道歉！」

秀秀聽出我的哽咽，趕緊轉移話題：「真想看看你變成什麼模樣了？」「當然是變胖變老了！」秀秀傳來篤定的聲音：「我相信你那雙敏銳的眼睛不會改變。」難道秀秀的記憶中，我的眼睛還有典故？「是啊！我開刀前夕，你用明亮的眼睛叮嚀『不可以哭！要勇敢！』隔天你坐輪椅前來，我正在哀嚎，好死不死被逮個正著，你怒氣沖沖丟下一句『等你不哭了再來看你』，我可沒忘記那狠狠瞪人的眼神。」

這會兒我破涕為笑。秀秀！感謝你前來尋我，從你記憶中得知少年的我，不論是盛氣凌人或堅毅嚴厲，如今追憶都成為愉悅輕快的插曲。我們約定，找個月朗風輕的日子，品味古人「何當共剪西窗燭，卻話巴山夜雨時」的情懷。

主編的綿羊

我與湯君用電子郵件或電話聯繫已有若干年，雖曾邀約喝下午茶，但都沒認真挑選日子，幾年之間仍未見面。僅僅憑藉文字和聲音，在疏離的大都會，構築另一種人際網絡的美感距離。每當我完成一篇短文，身為主編的湯君都在第一線接收閱讀。她只要簡單回覆「文稿收到」即可，但她往往表述得更多。例如〈紅杏枝頭春意鬧〉描寫戲曲學界頗有作為卻被病魔所苦的欣欣，我期許她善養肥沃的土壤，以便能夠在花團錦簇的杏花林中，長時駐足遊賞，一起聆聽紅杏鬧春。湯君回應：「讀完文章十分感動！鼻子酸酸的……，希望你們都好好寶愛身體，學術的路子慢慢走！」這樣情動於中而形於文的回函，早已超過她職場上的角色扮演。

湯君基於專業要求與版面限制，她有增刪文字的責任，可是她很少更改我的文章，即使稍有潤飾也不著痕跡。有一天湯君終於慎重地表達刪改文句的強烈態度。那一篇描述隨同張老師觀賞夜櫻，其中有一句「當我拄著柺杖緩步靠近時」，湯君來信：「這篇新稿我要刪掉『拄著柺杖』幾個字。我希望惠綿姊趕緊把心中的那枝柺杖放下，不要一再強調了。」湯君一向稱我「李老師」，這回竟然改稱「惠綿姊」。我錯愕自己長期以來不自覺地一直在作品中貼標籤；錯愕湯君以姊妹情懷期勉我放下心中的拐杖，誠真意切，我讚歎她的仁心與勇氣。湯君這一聲呼喚，喚出我數十年潛意識的傷痛，也釐清我沉溺已久的迷惘。我回了信，讚許她刪得極好，謝謝她善用主編的敏銳，引我走出「當局者迷」的困境。

我以為改變稱呼後，可以沾親帶故，誰想湯君不曾手下留情，照樣催稿。不變的是依然會來一段人性的開場白：「這幾天實在熱得受不了，睡覺時我養的狗狗和兔子都鑽進房間一起吹冷氣。學校放暑假了吧？等您的新稿子呵！」我讀得瞠目結舌，簡直是天方夜譚！小狗和兔子竟然和平共存，還大搖大擺鑽進主臥室一起吹冷氣？這是多麼可親可愛的家庭啊！原來湯君的夫婿飼養一隻活潑頑皮的狗兒，湯君總覺得牠很寂寞，希望為牠找個伴。逛街時，被一隻短耳朵、方圓臉、金黃色的迷你兔吸引，湯君回憶當時的情景：「牠很努力地站著往外頭看，真的好像一隻小狗，我太喜歡了，堅持買回家。」於是湯君也有自己的寵物。湯君在職場上和生活中展現女性獨特的細膩氣質，書寫她身為主編的仁心仁懷時，竟不知不覺將自己與她的狗狗、兔子並列。猛然一想，我何嘗不也是湯君寵愛的「綿羊」呢！

卷四

福氣寶寶

學生篇

行樂圖為杜麗娘留下還魂回生的夢；
恆傑相贈的行樂圖，則留下師生共感相契的生命語言，
不止賦予拐杖象徵意義，更印證我一生諸多福緣。

福氣寶寶

在明代湯顯祖《牡丹亭》劇作讀到「行樂圖」一詞。痴心的杜麗娘因一場春夢而花容瘦損，唯恐生命無常，乃自行描繪，使其真容流在人間；且吩咐侍女春香：「這一幅行樂圖，向行家裱去，叫人家收拾好些。」

我也有一張恆傑為我描繪的行樂圖。得知恆傑精擅繪畫是在大一國文最後一堂課。那天下課，傍晚時分，恆傑全組同學在教室外走廊等候，要求我閉上眼睛，幾個年輕學子高大健碩，無邪神情卻像個小學生。不知何人將一本小冊子放到我的手上，輕柔委婉的聲音：「老師！我們讓您高興的，不許哭哦！」睜開眼睛先看到一張米黃底色的卡片，四片幸運草圖案繪製成交叉的封口，我小心開啟，幾行文字牽動眼簾：

手中打開戲曲選粹　我們一起　從竇娥冤讀到牡丹亭

從看戲　編劇　學到演戲　從開始的陌生走到最後的契合
強韌的拐杖　支撐起不只是一身傲骨
也支撐我們　繼續成長　追尋目標

昏黃的走廊，只覺夕陽無限好，我輕輕將封口還原，細細收藏文字蘊含無盡的相知相惜，眼淚不覺滴落在翠綠花瓣之上……。

精心製作的冊子原來是他們戲劇演出的完整記錄，自費印製，送我一本留作紀念。這本題為「屬於我們的回憶」包括自編自導自演的劇本、個人演戲心得、演出照片以及詳盡的排戲日誌。恆傑擔任主編及封面設計，組員的漫畫肖像都是恆傑的創作，筆尖淡掃輕描，勾勒出每個人的神情笑貌，真是氣韻生動。為了緩和我過於感動的情緒，順口便說：「原來恆傑這麼擅長繪畫，也為我畫一張吧！」

教師節前夕，恆傑到教室，笑容靦腆送上卡片：「這是老師指定的暑假作業！」我充滿困惑，一看竟是栩栩如生的肖像。圓嘟嘟的臉龐和體態，我當下嘛嘴埋怨：「怎麼畫得這麼胖？」恆傑臉色一沉：「老師不喜歡哦！」猛然察覺自己失言，立即修飾：「不！不！我是繪畫白癡。漫畫原就是這樣誇張的呀！況且我本來就胖，若是畫個楚腰纖細，也不傳神啦！」恆傑聽我如此調侃，趕緊換個話題：「本來只畫半身，但總覺少了什麼；仔細一想，原來缺了拐杖，就是支撐老師一身傲骨的枴杖！」沒想到我此生耿耿於懷、視為生命牽絆的拐杖，在恆傑心中竟然是傲骨的象徵。這會兒我才讀到恆傑的題字：「頃刻間，妙筆揮灑現容顏，怎不叫他人也生妒羨！」我從未發現自己炯炯的眼神與圓潤的容顏竟足以令他人妒羨！

其後，擅長繪畫的侄兒看到這張畫像，飛來神思，題名曰「福氣寶寶」，令我豁然開朗。從此再不要說我是前世造孽無數的人，因為今生我是個福氣寶寶。

行樂圖為杜麗娘留下還魂回生的夢；恆傑相贈的行樂圖，則留下師生共感相契的生命語言，不止賦予拐杖象徵意義，更印證我一生諸多福緣。

後記：

黃恆傑於二〇〇八年畢業於台大土木所營建工程與管理碩士班，目前正在服役，他說：退役後要留在南部工作，陪伴雙親。大學四年最後一個冬天寫了一篇散文

〈銘印師生情〉相贈，其中一段描寫他心中的國文老師：「初識惠綿老師的人會說她眼神銳利，炯炯有神，著實擁有可以力挽狂瀾的力度以面對人生。確實惠綿老師的一生都是用堅強走來的拐杖支持舟身渡苦海無常，我們用盡每一句形容話語，都無法描述惠綿老師內心曾受到的激盪於萬一，然而她轉悲憤為力量，化淚水為甘霖，成就她一顆美麗、寬宏的心靈，此心付出於教學不遺餘力。」恆傑以細密深婉的文情細數師生交會點滴情誼，他不僅用筆畫出支撐我一身傲骨的枴杖，也用文字勾勒出維繫我生命力量的教學工作，令我久久不能自已。

——二〇〇九年八月二十二日

御溝之夢

古代流經宮苑的河道名叫御溝，御溝流傳「紅葉題詩」的浪漫故事。悲風素秋，頹陽西傾，儒士于祐晚步禁衢，臨流浣手，拾得大片紅葉，葉上竟有題詩：「水流何太急？深宮盡日閒。慇勤謝紅葉，好去到人間。」于祐藏於書笥，終日吟詠，意亂神迷。十年後娶得一位皇帝放還的韓姓宮女，竟然就是當年紅葉題詩的人。

如同白居易詩句：「三千宮女胭脂面，幾箇春來無淚痕」。我可以體會宮女面對御溝時紅葉傳情的孤寂，但難以想像一個二十歲女孩，當她蹲在台大中文系學會小木屋前清理水溝淤積的枯葉時，會突然浮現一個夢想：「將來想做一條大水溝」。

總以為這只是她的幻想，沒想到，大學畢業三年後，經由她的牽引，果然構築了一條小御溝。

我向國科會申請專題研究，陳姿因是我的研究助理，最繁重的工作是幫我查閱六朝以後的擬音，每一個字都得翻閱五本韻書，她任勞任怨做了三個月之後，終於發出苦悶的聲音，進而提出建議，語氣堅定：「這樣做研究太辛苦了，我們必須建立音韻字典網路查詢系統。」她主動向台大圖資系陳光華教授請益，透過陳教授委託台大電機研究所趙上鋒開始設計網頁。

杜鵑花落英繽紛的暮春時節，姿因將前往東京大學研究所讀書。前來辭別之時，懷裡抱著一袋厚重的書籍：「這些計畫用書暫時先還給老師，等您找到其他助理，一定用得上。」為留學遠行，本可以名正言順辭去，但她仍然妥善交接，不致讓我措手不及。我雖不捨，仍強說笑語：「原來這也是另一種『杯酒釋兵權』！」她嬌嗔地說：「大人冤枉！人家今天是特地來幫您安裝免費通話的 skype 軟體。老師隨時可在線上與我通話，我就好像近在您身邊，真的是天涯若比鄰呢！我還會和上鋒繼續討論網路設計的細節。」音韻字典網站從提出構想到實踐完成，進而初步運用，姿因是重要推手。

師生之間，往往只是彼此之間的過客。回想與姿因深厚的師生緣分，源自她主動伸出援手的善念。

那年學期結束，我將接受腕隧道關節炎手術。住院前夕，突然接到陳姿因的電話，說要陪同就醫，我說：「正在期末考，不要耽誤妳時間。」她語帶嬌嗔：「老師！不差這一點時間嘛！今天人家又沒考試，拜託讓我去啦！」當時我的確需要人力支援，姿因的出現猶如天降甘霖。

我對姿因的賞識，並非只因其善體人意，而是她戰勝自我的用心。課堂上，我針對古典劇本設計問題，要求各組代表上台報告，經討論後寫成短篇論文，稱之「問題寫作」。姿因千餘字的報告被我退稿，理由是：「既無扣題申論，亦未發揮才情，重寫一份，再予評分。」假如她資質平庸或生性疏懶，直接評個七十分發還，不必如此費神。但這位天資聰穎的學生，不該因為準備參加日本交換學生考試而如此草率。

下課後，姿因戰戰兢兢前來：「老師！我從沒受過學術性的寫作訓練，請您教我。」兩週後交來一萬多字的報告，扣緊論題深入分析；很少引用別人論述，看得出她完全進入文本，用自己的語言與體會書寫。我歎為觀止，給了高分。

那天姿因陪我辦妥住院手續，在病房坐了一會兒，話及此事，她說：「當我重寫報告後，感覺自己好像從地上爬行，突然之間學會飛翔。」就在這個情境之下，姿因說出她的夢想：「我將來想做的大水溝，是可以幫忙傳遞疏通，交流身邊的人事。大水溝什麼都留不住，正因為源源不絕，所以最乾淨，也最沒有掛礙。」我問：「妳這條大水溝要傳遞什麼呢？」只見她眼睛閃閃發亮：「譬如建立一個龐大的華文資料庫，用最簡易的介面介紹各種知識……。」她看到我眼眶含淚，話題停住，起身蹲在病床前溫柔地說：「老師！開刀後趕緊好起來，回到教室繼續做我們的御溝，將我們一個一個傳送出去，出去完成夢想。」我將眼光投向窗外藍天，看到層層流動的雲河……。

如今，姿因如大鵬鳥，正在凌空飛翔，追尋她的御溝之夢。

後記：

二〇〇七年春季，陳姿因到日本東京大學研究所旁聽一年，翌年如願考取「言語情報科學」，專攻碩士課程，以心理語言學實驗為研究領域。在台灣，心理學和語言學壁壘分明，她希望運用兩門跨領域的學科，並結合「實驗語言學」和「理論語言學」，分析中國人如何接受自己的母語。我好奇，分析自己的母語為何要千里迢迢到東京大學？她說：「日本以心理語言學實驗研究自己的母語已有可觀的成果；而日本也是使用漢字的國家，可以借用其方法與理論；指導教授對於英語、日語的共通性有相當傑出的研究成果，雖然指導教授不懂中文，但對語言語法的分析已經達到庖丁解牛的境界。」我像個口試委員再問，這樣的研究對中國語言有什麼具體的學術貢獻意義？她有條不紊地回答：「第一，最高層次的學術貢獻是找到中文和其他語言（例如英、日語）背後的共通性，而這方面在日本和中國都是有待開墾耕耘的處女地。第二，如果有一天學成歸國，我在語言學的教學課程，可以教導運用邏輯性、實驗性的分析方式認識自己的語言。第三，有助於華語教學，幫助外國人如何學習中文。第四，提供中文翻譯為其他語言的原理原則。」在極短的時間之內讓我這個外行人完全明白她攻讀「言語情報科學」的研究方向。

姿因以一個中文系的學養背景，卻精通日語擅長英語，成為東京大學的研究生，在年輕一輩可說是鳳毛麟角、出類拔萃。她雖然已經不是蹲在台大中文系學會小木屋前清理水溝淤積枯葉的女孩，但「將來想做一條大水溝」的夢想正在追逐飛躍……。

——二〇〇九年八月二十四日

超越學分成績

葺葺不是我課堂上授業的學生，第一次知聞其名，是學生轉寄葺葺在網路上書寫的劇評。閱讀之後暗自驚歎大三學生洞察之敏銳、文筆之犀利。不久，在文學院門口，迎面而來一位清俊的男學生，另一位學生趕緊向我介紹：「老師！這就是常常在網路上發表劇評的葺葺。」外貌靦腆的書生氣質，不像他劇評文字般的飛揚跋扈。

有戲必看、觀後寫評，葺葺早已成為學校有名的才子戲痴。二〇〇二年五月我要到中山堂看戲，因不明其殘障設施，自然想到求助他。早年到中山堂，車子可以直接抵達門口的廊道；整修之後，正門前規劃成設有柵欄的廣場。沒有設置殘障機車停車位，搭坐計程車也得步行通過廣場，服務台更沒有提供輪椅借用。幸有葺葺幫我把機車推到遠距離的停車位，陪我亦步亦趨進入觀眾席。一番折騰，揮汗如雨，我嘆一口氣：「再也不來中山堂了。」

打從四十年代，中山堂就是看京劇的地標，如今仍有許多年老戲迷拄手杖或坐輪椅前來。思及此處，決定送兩台輪椅給中山堂，打電話到台北市文化局，訝然得知茸茸早已寫電子郵件，呼籲相關單位重視其殘障設施。我與茸茸多在國家戲劇院或新舞台的停車場不期而遇，他總是默默從旁相助。這是他第一次相陪，從入場到散戲，也許讓他感受我的舉步維艱吧！茸茸可以將此事看得很輕微，可是他發揮「民意」的影響力，具體展現大學生的仗義直言。

現今中山堂已在側門專設殘障機車位，也安置電鈴，提供更體貼完善的服務。我寫信感謝茸茸的見義勇為，茸茸回信敘述寫信動機更令我驚喜。原來他修過教育學程「身心復健與特殊教育」課程，無障礙空間是其中一個單元。他說：「這門課輕鬆涼快，只有期末考，還只考選擇題。修過以後有種感覺，這個社會不見得『不想』打造方便的空間，而是『不能想像』。不重視是一回事，不發聲又是一回事，所以應該寫信告訴他們，才能造福更多人，也才對得起我成績單上那兩個特殊教育學分。」

老師以分數評量學生本是不得不然的遊戲規則，分數也往往無奈地成為老師手上王牌。考選擇題的「身心復健與特殊教育」課程，應該有人考一百分。茸茸發揮道德勇氣，推翻了選擇題的考試形式，遠遠超越了一百分的意義，也顛覆老師以分數為王牌的權威性。平生第一次發現，面對茸茸這樣的學生，我完全給不起分數。因為他默默實踐特殊教育課程的啟發，展現關懷弱勢族群的社會意義，早已超越學分成績的表層意義。

後記：

茸茸於二〇〇八年六月考取清華大學中文所博士班，繼續鑽研他自高中時代著迷熱愛的傳統戲曲。向中山堂建言，我寫信致謝時，他回覆：「我只上過老師三堂課，但這一年多老師您給我的鼓勵實在遠遠超過一個『代課老師』。無論研究計畫、考研究所、甚至還送我票看戲，我都還沒謝謝老師呢！現在我不過是在網路上寄寄信件，真的沒什麼呀！」功成不居的謙懷態度，至今讓我銘記在心。年輕一輩研究戲曲的學生，茸茸聰慧過人，用功甚勤，熟稔文獻，基礎深厚。他考取台大中文所碩士班後，我何其幸運，由於代課老師的因緣，得以接受他諸多戲曲專業的協助，成為得力的研究助理。相信有一天茸茸必成學術大器，而我將永遠記得他陪我走過中山堂的路，更記得師生忘年之交的點點滴滴。

——二〇〇九年八月二十日

一朵康乃馨

那年母親節，伶伶不約來訪，進門時含羞帶怯：「老師！我只買得起這一朵小小的康乃馨，祝您母親節快樂！」那朵粉紅色的康乃馨尚未開展，花蕾如拇指般嬌小玲瓏。聽到「只買得起」四個字，看到伶伶遠從陽明山騎摩托車風塵僕僕的模樣，非常不忍。我滿懷欣喜言道：「今年我家客廳只有這朵康乃馨，可是一枝獨秀呢！謝謝妳！」

伶伶與我只有半年的師生緣。大二上學期在「詩選及習作」必修課程，成為我的導生。安排與她單獨談話時，距期末考只剩一個月。問及課業流露惶恐，話及親子關係則黯然神傷。時值臘月，那天陽光暖照，我們在她宿舍花圃旁聊著，我多麼渴望借冬天的暖陽，撫慰這位缺乏父母關愛、意興闌珊的女孩：「伶伶！妳是媽媽唯一的女兒，總有一天，妳會成為婚姻不幸福的母親最需要的人。妳必須儲備力量，等待來日成為母親的依靠，一定要盡全力穩住學業。」伶伶閃著淚光，這番話似乎打動了她。

下學期開學前，接到伶伶哽咽的電話：「老師！我被退學了！您這麼關心我，我應該向您說聲再見！」「不是說好要盡力嗎，為什麼？」「我真的盡力了呀！是一位老師沒收到我遲交的作業，當了這一科才被退學的……。」電話一端痛哭失聲。我從憤怒轉為溫柔：「不可以對我說再見，去補習班，暑假再考，重回校園，這半年任何困難我幫妳。」

伶伶停止啜泣，開始早出晚歸的補習生活。我同意她情緒低落時來電傾吐，深更半夜亦可；要求她每週來電說說她上課的情況。記得她第一通洩氣的電話是：「我今天數學考零分」，我輕描淡寫：「一年半沒碰觸數學，當然零分，過了一星期就會考五分了。」不久又說：「我連史地都不及格。」我明快回答：「這個週末帶地圖、課本和參考書來，我教你閱讀方法。」過了好些日子，就聽到她喜不自禁的聲音：「今天歷史竟然考了九十分，高中從沒拿到這樣高分呢！」

我問她使用生活費狀況，可否自我管理？伶伶非常坦白：「剩下三萬元左右，我會亂花錢。」我毫不思索：「既然如此，存摺印章交給我保管吧。」伶伶自首：「還有提款卡也一併交給您！」我暗笑自己真是百密一疏，多虧她天真赤誠。我們約定每週只能領取一千五百元，一旦用完，由我支借，大學聯考結束，利用暑假打工歸還。伶伶退學之事瞞著雙親，因此偶爾還能獲得些許零用錢；直到考取大學，居然還有餘額。當她前來取回存簿時，我送個小紅包，題了字句：「祝賀伶伶重新啟航，而今而後頂天立地！」

大學四年，伶伶白天上課，課餘兼差。超商服務員、教學助理、補習班雜務、洗車、家教，無所不為。筋骨心神雖勞苦，仍有優異成績。這朵康乃馨便是那時期的紀念，附上紙條是：「老師！我好想您，尤其在我一個人的時候。我會這樣努力生活，是因為我想把您對我的好不斷傳遞下去，讓別人知道我的好都是您的教導！」

一朵小小康乃馨，已然凋萎，然而伶伶在我心中綻放的生命花朵，更為璀璨亮麗！

後記：

一

朵康乃馨除了表達伶伶對我的情愫，其實也透露她對母愛的渴望。兄長之外，她是唯一的女兒，應該被捧在手掌心，但生在重男輕女的家庭，卻不能盡如人意。她父親總是說些不堪的語言，而母親因為反對她交往的男朋友，將她趕出家門。伶伶哭著收拾行李，離家的時候沒有人留她。二〇〇九農曆年前，她母親車禍腦部重傷，生命指數只有三分，在伶伶奔走及醫生搶救之下活了下來，卻成為智能不足的狀態。三個月後出院，伶伶辭職回家照顧母親。多年來在外工作租屋，與自己的家卻是咫尺天涯。這是第一次正式搬回家長住，面對身心智能亟需復健的母親，成為家庭遭遇變故的掌舵者。人生故事聽到此處，既心疼又感動，若干年前那位只買得起一朵小小康乃馨的女兒，內心深處竟然蘊藏如此豐沛巨大的能量。

六月初邀約伶伶抽空出來和幾位台大同學小聚，我訪問伶伶大學畢業後最快樂的事，她說：「發現母親非常愛我。」我問：「怎麼發現的？」她說：「剛才我出門的時候，母親像個小孩大哭大鬧，哭著要我留下來陪她。」伶伶用甜蜜的聲音敘述，沒有眼淚，卻惹得我一陣心酸……。

一星期後的中午，接到一通泣不成聲的電話，耳邊傳來斷斷續續的語句：「我以為回家，可以一邊照顧媽媽一邊寫碩士論文，結果兩個多月下來，我什麼也沒寫，媽媽吵著要我陪，爸爸要求我做所有的事，老師我怎麼辦？」我問她：「如果現在暫時離家，剩下一個半月的時間可否完成論文？」她哽咽回答：「我已經申請下半年交換學生出國計畫，拼了命也一定要寫出來。」我斬釘截鐵地說：「下午收拾收拾，立刻回到你的住處閉關寫作。伶伶！這是關鍵時刻，你必須先完成當務之急，才能回過身來繼續照顧母親，支撐父親。」

今天收到伶伶寄來的論文，附上一封短信，字字句句讓我悲喜交集：「如果沒有您，我不會去讀碩士；如果沒有您的堅持，我也交不出論文。如今口試過了（九十二分），也修改完成了，……寄給指導教授時，也同時寄給您，表達對您深摯的感謝。」淺藍色的紙箋印著朵朵的幸運草，彷彿是伶伶這些年來的印記。是的，儘管她一路曲折，但她始終以感恩的心念，詮釋自己的幸運。

伶伶大學畢業後，投入職場從事多年的教育訓練工作，她說：「隨著職涯的累積，『學然後知不足』的感受日益加深，加上長期以來對中山大學人力資源管理研究所的嚮往，促成了繼續深造的強烈意願。」兩年來，每週六、日從台北搭乘高鐵到高雄上課，以及半工半讀、兩岸三地奔波的研究生涯，終於完成學位。

手上捧著這本隔行如隔山的論文，回想當年那位被退學向我說「再見」的女孩，而今走過滄海桑田，用長達十一年的淚水和汗水向我們印證一枝草一點露……。

——二〇〇九年八月二十四日

不缺席的女孩

開學第一天，我特別提早出門。當我抵達教室外走廊時，身後傳來熟悉的聲音：「老師！您今天早了十分鐘哦！」是小君，圓圓的臉龐帶著甜甜的笑容，一把提起我車籃內沉甸甸的書包放在講桌；獨力將靠在牆壁旁厚重的斜坡板安置在台階前；然後走到飲水機處將我自備的熱水瓶裝滿。臨去前拿出一份禮物，輕言細語：「這是送給老師的CD和卡片，我要去上課了。」說完後略帶靦腆神情，快步離開。

不知道小君如此精準掌握我到教室的時間，是因為她的記憶力增強？還是修過一年的國文成為慣性的熟悉？一年！啊！我猛然想起她果真不曾缺席，不論陰晴風雨，她總是在八點前站在走廊上守候，用她受創的心靈協助我。

下課後我拆閱卡片，儘管是腦傷後費力刻畫出來的筆跡，依然可見試圖工整的字體：「謝謝您細心灌溉，枯花也有綻開的一天，這變遷是日月有蝕的一剎那。放心吧！我會讓您看到我站起來的一天。我決定跟從自己的選擇，踏隨人生的選擇題。」最後一行刻意用橘紅色放大雙倍字體：「我，不放棄」，字字鮮明。

記得去年開學日，小君用生澀的文字遞上紙條，說明她車禍腦傷，昏迷九天醒來，新事物只能記憶七天，最後的懇求是：「老師，請不要放棄我！」一年後的今天，她主動取回「不放棄」的自主權。原本考取台大的小君，絕對沒料到為了想讀牙醫系而重考的時期，會遭遇如此巨變。重回校園，學習艱難，她不免心緒起伏，埋天怨地，甚至萌生求死。如今她竟能將生命的變遷視為日月有蝕的一剎那。我心疼之餘，流下了悲喜交感的眼淚。

那張CD名為「綠鋼琴」，演奏者凱文・科恩（Kevin Kern）先天弱視，憑藉感覺和觸覺，多一份獨特的細膩與敏感，指尖傳達出透明寬闊的生命音符。小君說：「我希望自己像他一樣能成為有發展空間的領域高手。您更要特別保護可愛的手腕，讓我們互相鼓勵。」我自以為是小君的心靈導師，然而當小君知道我為手腕神經受傷而惶惶不安時，卻用心挑選這張別具意義的鋼琴專輯，她借用凱文・科恩鋼琴獨奏的語言向我示現「存在」的意義。

第二次上課小君依然前來看我，我趁機將她介紹給大一新生，描述她是不缺席的女孩。突然靈機一動相問：「是不是因為國文淪入我的魔掌不敢缺課？」她驕傲地回答：「從幼稚園到大學，我不曾缺過任何一堂課。」於是我要她當下許諾：未來不論發生任何事，都不可以在生命中「無故缺席」。小君點頭時，我們給了她最熱烈的掌聲。我心底暗暗祝福：小君！請帶著自己的掌聲去經營人生的每一堂功課吧！

後記：

不缺席的女孩在腦傷後的學習和記憶，仍然倍嘗艱辛。系上老師評估她可能無法承擔大四實習，必然無法取得學位，因此建議她轉系。小君的母親以專案方式提出申請，她的導師和我分別寫推薦信陳述其認真執著的學習態度。我們盡力協助無非希望她能順利完成學業，人生下一步路方能「進可攻退可守」。因此我寫給教務長的信充分表述，小君轉系的考量，並不意味保證她一定能取得學位，我們甚至可以悲觀地說：「她可能挫敗。」然而，假如小君多了一個轉換跑道的機會，而如能順利畢業，我們引以為喜。如果她終究不能通過學科考驗，身為師長「無悔」，家長學生對我們該「無怨」！也許台灣大學的人道精神就在此處彰顯吧！多少學生從台大畢業，我們都不能保證他們的未來，對小君亦然如此。也許，我們是跟小君一起尋找上天讓她浴火重生的旨意何在，但在答案尚未找到之前，我們所能做的是先讓她有活下去的鬥志與動力。

轉系過程中，在行政程序遇到挫折，我在書房的觀世音菩薩前苦思求助之力，腦海中出現文學院副院長夏長樸教授，鼓起勇氣請求指點迷津。感謝夏教授慨然相助，得以峰迴路轉；而後在兩科系主任的協助之下，小君順利轉系。我寫信向夏教授致謝，得到溫暖的回覆：「小君的處境絕對應該伸出援手，我們都是從事教育工作者，這樣做合乎情理。」夏教授是中文系資深師長，因年齡差距、領域不同，少有機緣親近，因為此事得以見識其通權達變的教育理念。

小君轉系後漸入佳境，大四學期平均成績達到八十分以上，堅忍不懈的苦讀精神，讓我感佩不已。在校時，每學期第一堂課必定到教室等我，畢業後仍舊如此。那一年，小君是我的拐杖。我告訴她，上天開了一個荒謬的玩笑，卻又讓她創造生命奇蹟，有朝一日，她一定會成為更多人的精神拐杖。我也想告訴她，高難度的國家考試，其成敗都不能決定人生的輸贏。她既然已經信仰基督，就該相信上帝必然為她鋪排一條可行之路，有時候要轉身尋訪新的桃花源。

——二〇〇九年八月二十六日

築夢的女孩

轉眼間，小涵大四了。那年我規定作文以描寫一個難忘的人物為主題，題目自擬。小涵記述她國一初見鋼琴老師：「彷彿翠玉一般的嗓子，溫柔劃破隔閡與不安的天籟。」曾經與老師四手聯彈，用每個音符想像「陽光的草地，有蝴蝶、藍天和朵朵小野花」，共譜「樂中有畫」的情境。當充滿生命力的樂章從四手聯彈中流瀉而出時，她的世界從此「進駐了四季的更替，那絕對是可以穿越一輩子時光的重量」。這篇題為〈聽見生命感動〉的散文，令我讚賞不已。

來自音樂的感動貫穿到大學，小涵展現她生命的躍動。日前，小涵帶著筆記作業來訪，我驚訝問她何以能妥善保存？她以沉醉的口吻回答：「因為我很喜歡。」如果是一個善於蜜語逢迎的學生可以順勢說：「我很喜歡國文課，保留這些作業可以讓我常常想起老師。」但是她沒有具體回答喜歡的內容。

小涵前來請我寫推薦書，目標是推甄台大新聞研究所，我很驚訝：「妳不是公衛系嗎？」只見她澄澈靈動的雙眼：「我念念不忘高中對生物的鍾情，二年級如願轉入生命科學系。」這會兒我更瞠目結舌：「為何再轉新聞所？這兩三年妳做了哪些準備？」只見她氣定神閒有備而來的模樣：「我和一群志同道合的同學讀報紙、架新聞台、討論時事；修哲學，旁聽社會學、傳播批判理論、台灣社會批判等等。」說到此處，她語帶堅定：「我相信有另一種不只用藍與綠做單位的座標，一種更悲憫、更有智慧的聲音，將新聞與社會問題昇華為人性救贖的處理方式。」小涵瞳眸晶瑩，我分不清是光還是淚，但這一番話卻生生地逼出我的淚水。在政治人物的眾聲喧譁中，築夢女孩的聲音像山谷清泉，灌注人心，不塵不染。

兩個月後清晨，背後傳來一聲呼喚：「老師！」我停住腳步，回頭見到小涵載欣載奔：「我考上了，特地大早趕來謝謝老師。」我情不自禁擁抱她，含著眼淚直說：「不容易啊！真不容易啊！」歲暮之際恰逢寒流來襲，當下我們的心如有一爐暖火，熊熊燃燒。

我特意邀請小涵到國文班上，將大學生涯規劃的經驗與新鮮人分享，她的開場白是：「將你的夢想寫成日記，它會提醒你記得曾經擁有的夢想。」我方知新聞工作原來是她國中的夢想，轉入生命科學系後，翻閱日記看到昔日之夢。如今小涵展開追求「從醫學、生命科學角度，在新聞領域中呈現關懷人類」的夢想。

築夢的女孩正在飛躍……。

後記：

小涵築夢的過程中，我不曾打擾，直到日前尋訪她，得知她已於二〇〇八年十月取得碩士學位。我問她在哪兒工作？她答非所問：「老師！我沒有偏離我的夢想。」小涵在信上寫出五個兼職的工作，讓我驚訝不已，難不成她有好幾個分身，否則怎麼能夠兼顧？我必須採訪她，才能明白究竟。

小涵在善牧基金會中輟生學園擔任講師，每週一次兩小時共八百元。失學的國中生被送到天主教創辦的學園，讓他們繼續讀書。小涵設計下學期教學單元之一是「青少年說自己的故事」，引導他們寫出來，可以投稿「善牧之友」，未來如有可能，她要推動成立「萬華社區報」，讓這些中輟生努力重生的故事得以被報導。每週兩個晚上在靖娟基金會為弱勢學童擔任課輔老師，屬於志工性質，每次三小時領取交通費三百五十元。弱勢學童多半是單親家庭、隔代教養、低收入戶或者有學習障礙的小學生，這是畢業以後才做的工作。我讚歎，沒有修學過特殊教育課程的小涵，竟有勇氣承擔這份義工。小涵服務的第三種對象是國際媽媽（外籍新娘），這是永樂（區）婦女中心交由善牧基金會承辦，每週六上午一次三小時，陪伴她們表達自己的故事，幫她們整理出來，也是支領交通費。唯一發揮專長領域是擔任《知識通訊評論》雜誌主編，每月一個題目，進行採訪，寫成三四千字新聞稿，稿費每字一元。此外，為台北市西區少年服務中心「真的有劇團」撰寫文宣，設計DM、拍攝影像，按件計酬。

我這般詳問，就是要知道她如何身兼數職，並且很實際地計算出一個月薪水不過萬元左右，支出房租七千元，怎麼夠生活？她趕緊說：「夠夠夠，我很省。」我再問，要不要找個專職有固定薪水的工作？她說：「這些工作加起來就是我的專職呀！我一直被愛得很充分，應該回饋。」我無言以對，遙想當年那位彈奏出「樂中有畫」的小女孩，如今用自己的生命音符彈奏出「樂中有愛」的篇章，讓我聽見生命的感動。我不禁設想，如果小涵是我的女兒，我是否能接納她不符合投資報酬率的工作選擇？小涵回顧與雙親對峙的衝突，而後因為父親中風暫時放下課業回家照顧，發現自己與親情不可撼動的繫聯，印證「愛是接納，愛是寬容」的真諦。

將近四千字的書信文，讓我由衷不捨而幾度落淚者，乃是一再對我頻頻的呼喚：「惠綿老師！現在的我多了很多傷疤，胸口融進了許多淚水，眼睛變得滄桑，好像沒這麼輕盈了。惠綿老師，現在我飛不起來，但是我用走的，遇到泥淖我甚至可以用爬的。惠綿老師！我想起您的擁抱，所以我敢用全部的面貌在您的面前，也有勇氣分辨築夢的內容。惠綿老師！您仍舊是笑著看顧著這樣的我嗎？我想自己在理想前面還沒羞愧。感謝您的相陪，有您慈愛的目光注視，我覺得很幸福，也很有氣力。」

築夢的女孩訴說這幾年在現實與理想中的拉扯與困頓，筆鋒處處都是刻骨銘心、婉轉動人的心聲淚痕。她曾經從台大師長取得愛的火苗，而今自己再添結實厚重的薪材，燃燒不盡。我腦海中不斷迴響小涵的話語：「我沒有偏離我的夢想。」好似一個征戰沙場歸來的將士，雄赳赳氣昂昂地訴說：「我活著回來，裹著滿身的傷痕，我勝利回來了。」她打開那布滿灰塵略帶乾涸血跡的行囊，我以為裡面放置無數的戰利品，至少也該有一些些金銀財寶吧！我一看，只有一枝筆和一本筆記，我如見小涵淚光閃閃向我示現，她跌落泥濘卻依然屹立不搖的夢想。

——二〇〇九年八月三十日

空缽

那一陣子每天著迷電視連續劇《天下糧倉》，故事以乾隆登基第一年發現全國糧食生產和國糧儲備全面失控的事件為背景。被父親拘禁苦讀三年的秀才米河，逃出書閣後，與刑部尚書等人披肝瀝膽，使清朝糧倉五穀豐登。米河尚未立志經世濟民前，曾與明燈法師相遇。法師取出自己的瓦缽相贈，問他：「缽中有何物？」米河說：「缽中無一物！」法師說：「有五穀。」米河說：「我怎麼看不見？」法師說：「等你為他盛滿五穀時就看見了。」語畢，法師的身影像鳥，遠颺而去。

每當第四台頻道有好節目時，國傑都特意來電告知。偶爾，也會贈我特別的禮物。有一次他來研究室找我，看到牆上掛著一幅印象派大師莫內的荷花，那年教師節就寄來一張長三十、寬十五公分的卡片，正是莫內的荷花，他說，「夾在書本，老師可以隨時欣賞」，卡片上這樣寫著。又有一次，我提及去國家音樂廳聆聽管風琴演奏，不久送來一張管風琴C

D。一個修過大一國文課的學生，如此用心，也算人間難得。

這些年來他總是與我分享求學種種。選修「詩選及習作」時，讓我欣賞他創作的律詩，頗有格局。推甄考取台大研究所，畢業後留在台大擔任助教，繼而申請到美國耶魯大學就讀博士班。每一個轉折階段，他都即時告知，與我之間種種交流，竟來自一位「文理工」學門兼具的學生。

記得那年我指派作文的主題是「描述一件記憶最深刻的事」，題目自擬。國傑寫出少年讀到義大利化學家亞佛加厥（Amedeo Avogadro）的生平，就夢想進入基礎科學研究的世界。填大學志願時因雙親不同意，來到機械系，他說：「這一生再也不能實現夢想了！」國傑的文字一如其人，樸質無華。顯然，就讀一個非志願的科系，是這位新鮮人最耿耿於懷的事件。我喚他前來，建議他利用寒假用功轉考物理系，如若轉成再去央求雙親，我語氣堅定：「你手中必須擁有扭轉命運的籌碼，就像法師要我們努力裝滿自己的空缽。」

下學期更換作業形式，規定學生任選一部入圍的奧斯卡電影書寫影評，還要蒐集相關影評及報導。國傑居然交來厚厚大本剪報，就編劇、導演、演員、入圍影片等分門別類，以創意美編影印剪貼，洋洋灑灑寫了幾千字的影評。我歎為觀止，破例給一百分，在班上當眾展示誇讚他的作業成果。國傑以國文作業，第一次將自己的空缽裝滿。

國傑果然如願轉成，還以中文系為輔系，結合科技人與人文人的典範，國傑是鳳毛麟角。大學畢業後，他推甄考取的是整合物理、機械的「應用力學研究所」，其後獲得耶魯大學錄取工程與應用科學學院博士班。對國傑的求學生涯而言，已然歷經一番知識洗禮。

我特別挑選一樣禮物，約定國傑出國留學前在台大傅鐘見面。我取出一只陶製的碗，深淺咖啡色與乳白色交錯捏成的條紋，頗為古典雅致。我將陶碗交到國傑手中：「明燈法師要求米河在空缽內盛滿五穀，我送你的陶碗要裝滿什麼，由國傑自己決定。」只見他內斂羞澀的臉容流露驚喜神色，夕陽斜照他的淚光閃爍。椰林大道上，我望著國傑踩著腳踏車緩緩離去的背影，彷彿看到另一個米河的化身。

國傑赴美攻讀博士學位，一直與我保持通訊，有天寫來一封電子郵件，標題「我的夢」：

> 前幾天夜裡，我作了一個夢，夢見我媽媽雙手捧著胸口說，好痛！以前在電視上看到火災消息，母女受困火場中，小孩被救出來，但大人來不及搶救，好可憐。十多歲孩子淚眼汪汪呼喊：「我願意減短壽命換回媽媽。」現在，我也要說同樣的話。昨夜夢裡我哭了……。

夢醒之後，國傑執意央求父親帶母親去檢查，醫生好奇：「妳現在人好好的，怎麼會想到要來檢查？我這裡是心臟外科耶！」高媽媽回答：「因為我兒子的夢。」

經過檢查，高媽媽罹患心房中隔缺損，血液從左心房經由心房中隔缺損流向右心房，造成右心房、右心室擴大以及肺血流量增加的現象。根據研究，破洞大者經年累月後會出現肺動脈高壓，甚至心臟衰竭。一般而言，肺動脈壓力的正常值是十八至二十五毫米汞柱，一旦達到七、八十毫米汞柱，病人立即有性命之危。經過心臟超音波檢查，高媽媽的肺動脈高壓已達四十，手術是唯一治療的途徑，但必須先進行心導管手術，評估之後再進行心臟手術。這是先天性心臟病，但高媽媽平日並無異樣，擔任學校行政工作，直到退休。

為了安慰遠在千里之外的國傑不能飛奔返台探視他病中的母親，高媽媽心臟手術時，我替國傑前往醫院探視。高媽媽手術成功，復原情況良好，說起這場手術因緣不免嘆為奇蹟：「國傑堅持相信他作的夢，強迫我一定要去檢查，否則就要跳樓，這死心眼的孩子居然救了我一命……。」話及此處哽咽不能言。

真是一場不可思議的夢境。是何等深厚的天性之愛與血脈相連，才能造就這段「夢繫千里母子情」的真實故事？閱讀國傑的夢境和心境，令我動容，低迴不已。這場神蹟發生在國傑負笈留學第二年的秋天，讓我想起杜甫〈秋興〉的詩句：「叢菊兩開他日淚，孤舟一繫故園心」，詩人由秋菊兩度之開謝繫聯時間重疊的意象，他日之淚何嘗不也是昨日之淚、今日之淚、來日之淚？國傑客居異國猶如孤舟漂泊，日夜牽繫者仍是思念椿萱的心。

異鄉求學的歲月，國傑手上的空缽，固然盛裝許多專業知識；但空缽之中更裝滿「感時念父母，天屬綴人心」的純孝心性，這才是無價的精神財富。

後記：

國傑赴美讀書一直與我保持聯繫，甚至打越洋電話問我身體是否安好。二〇〇九年四月來信，感慨甚深：「時光荏苒，如今當我已從事許多年理論物理的研究並即將取得博士學位的前夕，回首當年，竟是一位中文系的老師促成了我人生中最重要的轉折。經師易得，人師難遇，我感謝生命中能有這樣的良師益友。」國傑八月底取得耶魯大學博士學位，羽翼長成之後，我們無所不談，可謂亦師亦友，想來這也是「心靈的後裔」。

——二〇〇九年八月十八日

傳承

陳昱斌是醫學系學生，二〇〇二年九月選修我的大一國文課，引起我注意的不是上課時全神貫注的眼神，也不是高達九十分的優異成績，而是細心的問候。有天我頭痛欲裂，勉強支撐上課。下課時間，在教室外走廊和昱斌對面相迎，他停下腳步輕聲問：「老師！您要不要緊？」我有點驚訝：「怎麼知道我不舒服？」他說：「老師上課一向都是神采飛揚，今天很沒精神。」也許大部分學生都看出來了，也許年輕學子羞於表情達意，但昱斌卻在把握時機自然流露，何嘗不是需要勇氣？這是一個善體人意的孩子，我暗暗想著。

通常上完一年課程，與學生的緣分隨之劃上句點，還能聯繫師生之情者，大都是學生的主動。第二學年開學不久，昱斌出乎意外地出現：「下兩節課就在樓上教室，順便過來看看老師。」赤子般的笑顏令我動容。當他看到我的交通工具由三輪摩托車換成電動輪椅時，不禁好奇。我輕描淡寫：「因為長期過度使用拐杖，手腕神經受傷，醫生叮囑要盡量使用電動輪椅。」身旁照應的兩三位新生，依照我的指點，幫忙扶持雙腿坐上輪椅，安放拐杖及書包等等。昱斌站在一旁沉默不語；同學離去後，他挨近身旁如說悄悄話：「老師！我剛才看到一個畫面好感動，可以用兩個字形容。」插入這個話題令我不解，只見他極為篤定的神情：「看到學弟妹照顧老師的情景，我看到『傳承』，可以放心了。」我追問：「是誰放心？」他毫不遲疑回答：「老師放心，我也放心。」重複兩次「放心」讓我眼眶溼潤……。

幾天後，收到昱斌以〈傳承〉為題寫了一篇日記，書寫那天所見所感，與我分享。他坦承「起先在老師國文課上，一直認為很多同學是為獲得高分而幫助老師，現在卻深深體認到他們的眼裡和舉止充滿愛心的光芒，我也曾是那樣的大一新生，不是嗎？」然後他扣緊日記主題：「這是一種傳承，一種只有李惠綿的國文課裡才有的傳承。無私地照顧老師是一種我們特有的傳承，我相信這堂課會一直有人陪著老師走過每個艱困的步伐。我真的很感動，也很放心。」才說「放心」，當天得知我罹患腕隧道關節炎時，還是非常擔心。關切之情溢於文詞，更甚於在教室走廊的問安：

我相信老師很愛教職，一定很擔心身體狀況還能不能再擔任教職，但老師！我覺得更因為如此，老師更要勇敢地去面對，更用心衡量不開刀對您的衝擊。開刀或許能帶來轉機，倘若放任不管，病情惡化了怎麼辦？不就等於放棄痊癒的希望了嗎？開刀會有好一陣子讓老師得臥病在床，但想想痊癒後就能夠再繼續從事自己最心愛的教職，欣賞台大一代又一代的新鮮人極具創意的戲劇演出，這不是很值得的嗎？所以，昱斌很希望老師能夠再一次勇敢地面對挑戰。如果有什麼需要昱斌的地方，老師隨時都可以打電話給我。

這位未來的醫生棟梁，對一位修過課的國文老師如此懇切，如同對待自己的親人，年齡才十八歲，卻已展現醫生度化病人那份悲憫同情的本色精神。第二星期昱斌再度前來，一邊從書包掏取一邊興高采烈：「我問藥劑師對肌肉神經有幫助的補品，我買來了。」兩瓶鮮紅色的包裝盒，印著斗大白色字體「克補＋鐵」，放在手掌心竟覺不可承受之重。我一時語澀，只能說出非常俗氣的句子：「算是幫我購買，可以嗎？」昱斌搖頭：「老師先用克補保養著，放假趕快去開刀。復原後再回來繼續教導學弟妹，繼續老師國文課堂中一切的『傳承』。」最後我用條件交換：「昱斌答應我，將來你當醫生時要用同樣的心去疼惜病人，要讓老師看到另一種傳承。」

總以為教育傳承的意義止於「師者，傳道授業解惑」，沒想到師生這樣的情緣也是傳承。

後記：

二〇〇三年四月底，SARS風暴來襲，班上有位同學發燒住院，通報疑似SARS病例，我們師生被通知居家隔離兩週。母親節前夕，收到組長陳昱斌代表全組以電子郵件寄來自己製作的卡片，並寫了一封文情並茂的信。我深有所感，寫了〈不一樣的母親節〉，收入《用手走路的人》增訂版。二〇〇五年十二月出版後，擬寄一本給昱斌，得知當時他正處喪父之痛的幽谷，除了勸他節哀順變，努力完成學業，想不出更好的語言安慰他。

而今重讀這篇文稿，屈指一算該畢業了。主動打電話探問，他先是不可置信，會意過來之後第一句話是「抱歉這幾年沒有主動聯絡老師」，我問：「是不是近鄉情怯？」他說：「好像是這種感覺。」當天下午隨即寫了告白的信：

這幾年一直沒有和老師聯絡的原因，其實是因為怕見到老師一時會不知道要說什麼，想想自己好像也沒有什麼成就，再加上每每經過熟悉的國文課教室，卻又不敢鼓起勇氣向老師打聲招呼，一次次地錯過機會，更一次次地加深內心如此莫名的感覺。「近鄉情怯」指的是回到熟悉有感情的地方產生害怕感，或許大一國文課的歲月，一直都是我心頭深刻且縈繞不去的回憶；當然，老師您也一直是我最掛心的人之一！這幾年曾嘗試從幾位中文系朋友打聽您的消息，知道您還順利授課，每每讓我寬心不少，但始終知道我還欠缺老師您一次最實際的當面問候，一直到今天接到老師您的電話，……。謝謝您，老師，回顧大學七年，老師的國文課永遠是我最難忘的大學回憶！

昱斌和我都是台南人，師生結緣，頗有「他鄉遇故親」的感覺。一年級國文課結束後的暑假，他父親開車帶著全家大小到南部家中拜訪我，當我得知他的父親驟然往生，對生命無常感同身受，我心中一直牽掛，不知弱冠之年的昱斌是否能承受打擊？其實我也不忍探問。我對昱斌說，這幾年你一定經過我固定上課的共同教室，而今天竟然會在你當兵休假回台北時聯絡上你，可見我的念力很強。不要歉疚，緣分若在，總是會在。醫學系畢業就是你最大成就，我相信，來日你必定是一個具有人道精神的醫生。謝謝你告訴我，大一國文給你最難忘的回憶，給我很大的信心與力量，我可以繼續耕耘播種，但願上天再借我十年的健康，讓我可以完成教學生涯。昱斌說：「知道老師現在還可以計畫出國旅遊，頓時讓我安心不少。或許現在右手肌肉萎縮不甚理想，但往後我會一直留意老師的健康狀態，也希望有朝一日我順利進入台大骨科服務，為您的健康把關。」

我回想昱斌當年對傳承的「放心」，而後「擔心」我的腕隧道關節炎，接著是幾年間不曾聯繫的「掛心」，探聽我繼續授課的「寬心」，得知我計畫出國旅遊的「安心」，這些自然流露的語詞，儼然像兄弟的語言，讓我深深感受到師生之間也有「海內存知己」的喜悅。我期許昱斌承諾為老師健康把關的「善心」，來日能轉化小我為大我的「仁心」。

——二〇〇九年八月二十二日

轉彎

大一國文課上引起我注意的鄭同學，不是因為侃侃而談，而是不苟言笑的神情。他從不缺席不遲到，每次必坐在第一排講台前正中央的位置。下課後一個人坐在位置上看課外書，幾乎不與同學互動。在他身上看不到新鮮人的快樂與活力。

起初他還專心聽講，期中考前開始出現精神恍惚的現象；問他問題，則沉吟不語，眼神往往不在課本。我見其形容憔悴，喚來相問，得知他因就讀物理系而悶悶不樂。幾度建議去心理輔導中心，卻意興闌珊。期末考交卷時，順口詢問狀況，驚愕他竟然兩個多月未上床睡覺。我堅持立刻收拾書包，陪他到保健中心家醫科就診，醫師問診後，隨即轉介心輔中心。

來自明星高中，學測成績優異，被雙親強迫申請推甄物理系。我曾表示願意主動與家長溝通，他總是不回應，顯見親子關係的僵持，想必家長尚不知孩子已有憂鬱症狀。

下學期他無端拋來一句話：「老師！教務處規定要在五月上旬交報告。」我疑惑：「什麼報告？」他一本正經：「推甄進入大學不准轉系，除非特殊狀況，必須寫報告，經教務處開會同意才可以申請轉系。」追問之下才知他對數學的喜好源自國中時代。

他慢條斯理陳述自己深深依戀數學題材的純淨、美麗、嚴謹及變化多端。為了實現自己的志趣，大一選修數學系開設的「微積分優」課程，成績高達九十三分，更肯定自己的志趣。我立刻聯想：「所以你兩個月不上床睡覺，都在讀微積分嗎？」他點頭，然後面露憂慮：「可是目前為止，教務處只通過幾個推甄學生申請轉系。」

一個十八歲離鄉背井的孩子，被迫就讀不喜歡的科系，可是他試圖改寫自己的命運。他甚至在微積分期末考後，翻閱書本徹夜解題，渾然忘記第二天要考國文。許多大學生尚且茫然不知方向，而他完全自覺對數學的熱情。剎那間，我被他苦志追尋生命的轉彎而深深感動。

我毫不猶豫：「寫好報告，我幫你修改。」同時指點他，主動向物理系導師求助，交出的申請資料最好附上導師和我的推薦信，以及接受心理輔導的證明。附帶條件是要正常作息，留得青山在。他笑了，像個孩子，歡喜地說了一聲謝謝。而後，我看到他的雙頰逐漸豐腴紅潤。

鄭同學得到教務處批准申請轉系，也通過筆試如願轉入數學系。他積極爭取更換人生跑道，重新啟航，是因為他主動求援。在他身上看到「山不轉路轉，路不轉人轉」的實踐精神。

後記：

鄭同學瞞著雙親申請轉系，暑假通過筆試之後，我主動打電話到他東部的家，鄭母接聽，交談中顯然尚不知轉系之事。我概述她兒子不喜歡物理系出現輕微憂鬱症的現象，目前已有好轉不必擔心，藉此暗示要尊重孩子的志趣和選擇，如果孩子的精神不穩定，終究無法完成學業，一切都是枉然。我並未告知鄭同學撥打這通電話，旁敲側擊為他鋪路，希望他免於親子失和的憂煩。

鄭同學轉系之後仍不快樂，三年級下學期五月底寫了一封長達兩千五百字的信，抒發他的苦悶。沒有校園社交生活是他鬱悶的原因之一，他追述：「小學一年級，有一次同學邀我週六去家裡玩，爸說不要，說『去人家家裡會造成人家的困擾』，他怕我交到壞朋友嗎？同學的父親好歹也是老師，他怕什麼？」他氣怒地問：「社會性不佳，不會社交，是誰教出來的？」看起來是一件小事，卻造就了孩子的性格，小學被禁止到同學家玩，大學被迫填寫非志願科系，父親主導一切的脈絡可見。

信中充分流露沒有朋友至交，使他身心失序，生活失律，從而影響學業的焦慮，他說：「我是喜歡『唸數學』，可是我實在很討厭『修數學』。自己唸，知道自己的步調；老師教，完全抓不到他的步調。你也許會想到我大二上也修了平均九十四分，可是那是因為我只修了十二學分，系上的科目我也只修了一門高等微積分，而高等微積分我更是暑假就已經念完。」不能有效管理自己的時間分配系上的課程，成為他的更大困擾。他甚至於假設：「如果是四技二專的學生，一定會比現在幸福，而且快樂得多，會有很多時間交朋友，還會有一技之長，如果是學蛋糕、學造型的，還可以做蛋糕給人吃、幫人剪頭髮，我就會有很多話題可以跟人聊了。」

閱讀這封信，我充滿了無力感。收信的時候接近端午節，我約他到教室找我，蒸好幾個熱騰騰的台南粽子，他說，從沒吃過媽媽包粽子。我轉移話題，呼應他的假設，建議他暑假轉學到四技二專，可以如他所願過著幸福快樂的日子。他流露驚愕的表情，我再問他願不願意轉學？他使勁兒搖頭，我說：「既然不願意，好好完成台大的學業吧！不要忘記你的初衷，熱愛數學爭取轉系，這是為自己生命尋找轉彎的勇氣，也是你的選擇與堅持，只要是你的選擇，一切都要無悔，都該甘心。」我看到他眼中閃著淚光。

鄭同學繼續就學，日前聽他說畢業後計畫出國。我深知自己終究無能度化。原生家庭型塑的性格，影響他的人際關係，甚至可能決定他的人生命運。他的思維模式、心理意識與精神狀態，都不是我能力所及的了。思及此處，不禁悲從中來。

——二〇〇九年八月二十七日

天使搭橋

乘坐輪椅出入大門時有三個台階，必須有人協助操作油壓式升降梯。朋友建議在台北醫學院網站徵求工讀生，以便就近支援。於是生命中出現三位善心善念的天使為我搭橋。

天使搭橋不須搬運砂石，卻得掌握操作三十公斤油壓式升降梯的力道與分寸。這台不鏽鋼升降梯自身有兩個小輪子，先要將升降梯從大門邊挪移到三個台階前，放置在適當的角度；然後將兩條長約一百二十公分的軌道架設在升降梯與上層平台之間，運用油壓式原理，憑藉腳力踩壓升降梯，使其升高八十公分，成為一座鐵橋，讓我的輪椅安然進入狹窄的軌道，再讓升降梯緩緩降落。天使搭橋助我跨越大門三個台階的障礙，順利出入家門。

小卿來電應徵時，我有些遲疑：「很高興妳樂意幫我，可是我想找男生……」不等我說完，她趕緊搶話：「我曾在便利超商搬貨物，力氣很大沒問題。」沉穩有力的聲音，絕非弱不禁風，顯然是刻苦工讀的學生。相約洽談，果然健壯頎碩，濃眉大臉，頗有男子氣概。

就這樣，她走進我的生活，用她強勁的雙手為我搭起出入大門的橋梁。

每次出門和回家的時間並不規律，只要前一天告知，她都精準把握；即使清晨七點半，她也能準時前來，E世代的大學生能早起尤其難得。有時我得配合她下課時間才能抵達家門，譬如星期四只能在中午十二點。有天門外站了一位文靜嬌柔的女孩專注看她操作升降梯，我問：「是妳同學嗎？」她露出憨憨的笑容：「是啊！同學很好奇我為什麼常常在中午『失蹤』十五分鐘，所以乾脆帶她來看看。」這份工讀的自得自在，洋溢在她的笑容之中。炎熱的天候，她的額頭冒著一顆顆汗珠，那汗珠竟閃閃亮亮……。

就在每次協調時間過程中，發現她令人驚嘆的課外學習，星期四晚上到社區大學上「英美文學」課程；星期六下午到市北師學大提琴，她說：「跟著學生，學費便宜。」星期日上午英文家教，對象是一位聽障生；星期日晚上還得到餐飲店打工。我暗想，醫學院課業何其繁重，撥冗涵養音樂文學已是難能可貴，何以尚能安排多項工讀？我技巧性地問：「爸媽知道妳這麼辛苦嗎？」「他們離婚了。」聲音淡淡的，隨即切換一種篤定口氣：「我將來一定要賺錢養媽媽。」我沒再多問，心中更增添一份疼惜。

有天深夜我上吐下瀉，因不忍吵她清眠，支撐到上午十點才打電話請她前來搭橋，讓我外出就診。想是匆促，她穿著夾腳拖鞋，只見右腳大拇指及指縫間滿是乾涸血跡，指甲翻起，看得我心都揪起來，原來是當天早上拉牽摩托車時踢到固定鐵架。我當機立斷：「陪我到仁康醫院，順便在外科門診掛號！」誰知到醫院，她推辭：「不用看醫生，現在不痛了。」我像哄小孩：「傷口一定要處理，以免感染發炎！」她依然婉拒，我只好動之以法：「妳的腳正在幫助我，所以我有一半的監護權，聽話吧！」我堅持幫她付掛號費，只聽得她略帶哽咽聲音：「謝謝老師……。」其實最該感謝的是她自己，是她每天失蹤十五分鐘，種下福田，我們方能有此善緣。小卿協助一年，因重考大學離開北醫，找一個人接替，成為她的牽掛。有天晚上，她在泡沫紅茶店遇到了正在打工的若漪。

第一次見到若漪，活靈活現看到「巧笑倩兮、美目盼兮」的女孩，晤談姿笑之間，雙頰圓形的微窩，猶如靨面生花；顧影轉盼之中，依依閃現波光流動。我如真如實看見小天使降臨，並非因為她傳神寫照的眼神與笑靨，而是純真良善的心靈。誠如第一次使用天使圖案信紙寫給我的文字：「當初從學姊手上接下這份工作，多希望自己像信紙上的小天使。」我曾經好奇問了若漪數次：「為什麼願意接這份工作？」她總是低鬟淺笑，默然不答。我暗笑自己何其愚蠢。

一個醫生的女兒，一個醫學院的大學生，一個學校交響樂社團演奏大提琴的團員，一個廣泛涉獵電影、戲劇、文學、藝術的女孩，若漪絕不需要這份微薄的工讀費。可是當她升上大三，因功課繁重而推辭家教和一切外務時，她獨獨捨不下我，只因為她擁有天使的心。就像她說的：「我喜歡用筆寫信，因為手寫的文字才有溫度。」若漪不只善用手的溫度，更發揮手的力度與心的暖度，欣然自得。

為了送我趕搭七點半的復康巴士，她得起早床，尤其在寒風凜冽的嚴冬。她這樣寫：「每次接送老師，都覺得好開心，雖然有時真早真冷，但是看見電梯打開，老師坐著輪椅出現的笑容，就覺得心好溫暖。」將近兩年時光，我未曾看見若漪的倦容，她總是笑靨可人。

若漪協助進入第二學年，因為每週一下午適巧兩人都有課，因此託她在網站上徵求學生在該時段來幫忙。很快有人回信，若漪忐忑不安：「好奇怪！我在網站只介紹台大中文系老師去上課需要協助，可是這位學弟竟然知道老師的名字呢！」當我反問學弟的名字時，大聲驚呼：「啊！松坡！是我教過的學生！」

一個呼求的訊息，將近在咫尺的大男孩喚來了。他說：「看到網站所寫，馬上就想到應該就是您，而如果是您，我就一定要去看看老師！」對我而言，松坡是千百個學生之一，只是曾經存在記憶中的名字，一個在我生命走廊瞥然經過的學子。對松坡而言，大一國文課後，三年不曾在校園相遇，不曾與我說過話；工學院畢業後當兵加上兩度重考醫學院，至今將近十年，也不曾聯繫。從他的敘述，我才精確知曉已然經過如此悠長的歲月了。松坡舉重若輕的表白，勾起身為老師內心深處的母性情懷，當晚我寫信致意：「感謝松坡慨然前來，見到你猶如見到離散多年的孩子……！」寫到此處，忍不住潸然淚下。

然則，是什麼動力驅使他得知我的困難後，一定要來看看老師？絕不會只是如他所描述：「猶記得老師當時騎著四輪摩托車，撐著拐杖在講堂上的樣子，比我們這些手腳完好的學生還要認真上課，汗水揮灑，不遺餘力。」令我驚嘆的是大一課堂上闡釋莊子「形殘神全」的種子悄悄在他心田萌芽生長：「對我們手腳健全的人，上下三個台階是多麼簡單的事情。如果我看到網站訊息，也判斷是老師您，而我卻還可以無動於衷，恐怕我的『心殘』，比老師的『形殘』，還要嚴重數百倍吧！」讀至此處，心有戚戚焉。

第一次要給工讀費時，他婉拒：「我是老師的學生，這是我當該做的；小卿、若漪都不是老師的學生，卻幫助您這麼久，她們比我了不起。」勸了半天，他才勉強收下。松坡實踐「不殘之心」，更以「俠骨之風」再續師生因緣。與其說是地利之便，不如說是一個熱血男兒展現沛然的道義精神。這一番遇合，扣人心弦。松坡歷經人生轉折，如有所悟，成為一個懷具俠骨義氣的大孩子。而今他心念舊恩越陌度阡而來，讓我一再低唱「青青子衿，悠悠我心；但為君故，沉吟至今……。」

傳說鵲鳥用頭上的羽毛在銀河上搭築橋梁，讓牛郎織女得以渡橋相會。閱讀這則神話，我心領神會的不是「相見時難別亦難」的愛情悽楚，而是鵲首「無故變禿髮，羽毛皆脫去」的自我燃燒。小卿、若漪、松坡接力搭橋，助我度過行路難的歲月，這份天使般的情懷，我將永遠縈繞於心。

後記：

二〇〇六年三月中旬，若漪陪同松坡到我家，牽引師生十年之後重逢的佳話，若漪以新詩記錄這段因緣：「當我為妳發出求救訊號／他當下接收／並說，如果是妳，義無反顧／沒有申明沒有回饋沒有署名的信／是怎樣的緣份牽引／是怎樣的冥冥註定／……他斷斷續續地說著那些曾經／我靜靜地聽那些不曾參與的過去／而妳的淚早不自覺地泛上了眼。」這首詩有六段，不標題目，不落姓氏人名，用你他我三個代名詞鋪敘剎那的互動與交流，非常細膩，我又是一次眼淚漂浮。他們五年級開始實習後，無法再來協助，若漪再度為我尋求善心天使，將我交託給學妹。近兩年雖然各自忙碌，猶能偶爾聚聚，至於小卿則屢次聯繫不上，甚為悵然。

——二〇〇九年三月二十日

變與不變

如果不是當年一個未了的宿願，如果不是那僅有一次無預警的心律不整，潘松坡的人生跑道或許不會有如此巨大的改變吧！

畢業前夕，松坡向父親提出直接報考台大材料研究所的請求，父親沉吟許久，反問兒子：「要不要試試看重考醫學系，將來當個醫生？」松坡錯愕不已，一旁靜聽父親跌入回憶：「當年你爺爺強迫我以醫學系為第一志願，我堅持不從，選讀了物理系。你考大學時，我完全尊重。現在我很認真，老爸支持你再讀一個醫學士，如何？」

一時間無法完全接受父親天外飛來的難題，面臨重大決定而尚未豁然開朗的情境下，松坡既未報考研究所，亦未報考大學，卻先服兵役去了，而且選擇傘兵訓練。時隔一年多，有天午後正在蹲地除草，突然出現心跳加速現象，每分鐘多達一百八十次。在屏東偏遠地區的營隊，辦妥層層手續，派出吉普車送到三級醫院時，已經過了四十分鐘。醫生緊急打一針，他竟沉睡，醒來時已是夜幕低垂。

送醫前，松坡想的是自己是否會因為心臟過度疲勞而衰竭？清醒後，想的是如果沒有那一針，他可能無法安然脫險。醫生可以在關鍵時刻急救人的生命，他開始思索醫生職業的神聖意義。

歷經補習和兩度重考之煎熬，松坡如願以償考取醫學系。他的轉折證明人生永遠有無限可能。我特意請他回台大，到大一班上分享這段經歷。臨別之際，松坡語意真摯送給學弟妹兩句話：「不可改變的事情要絕對樂觀，可以改變的事情要抱持悲觀。」十八歲學子似懂非懂，我一旁補充：「對我而言，形殘的命運不可改變，所以一定要快樂；而你們的未來會面臨許多選擇，譬如轉系、研究所科系、就業出國等等，對所有可能改變的情況都要懷有憂患意識。」只見松坡頻頻點頭，突然，我懂了，這兩句話原來也是說給我聽的……。

對松坡而言，從工學院轉入醫學院，幾乎是不可能改變的跑道；可是一次性命交關的事件，他不僅用意志改寫生命歷史，也彌補當年父親未竟之憾吧！離開課堂十年後的松坡，回到當年大一上課的教室，相贈這一番體驗，別有意趣。

想起蘇東坡「自其變者而觀之，則天地曾不能以一瞬；自其不變者而觀之，則物與我皆無盡」的名句，從一體兩面提出變與不變的哲思，儘管人事幻變無常，但萬物本體不變，人類永遠可與江上清風、山間明月同遊共賞。東坡雖是開闊瀟灑，終覺邈遠不可及。相對的，松坡從生命轉折處體悟弔詭辯證的語句，對自處的人間似乎更踏實些！

後記：

松坡與我重逢時曾感慨：「雖沒有緣分再回台大母校念醫學系（其實差的分數不多，有些小遺憾），但是我現在已經能夠知足和惜福了，卻也因為這樣，我在北醫才有這機會替老師服務。」這種轉念的心情恰如他自己所說：「不可改變的事情要絕對樂觀。」松坡以助我之因緣轉化遺憾，進而感到知足惜福，可見其轉念昇華之能力。

那時他才讀二年級，學期結束之前看他有些抑鬱不樂，他說：「目前為止所讀的科目並不覺得自己是個醫學系學生，而我的年齡又比同學大好幾歲……。」松坡沒將話說完，我約略明白他對自己人生的轉折，突然感到困惑徬徨吧！我說：「聽若滴提過，三年級修習莊嚴的大體解剖學實驗課程之後，才會真切意識到自己是醫學系學生。」他轉個話題：「我經過兩年的沉潛，沒有因為當兵而加分；可是有些人捧著銀子出國就可以弄個醫學學歷回來，有些人不想經過學歷認證，不願進醫院實習，或是實習態度馬馬虎虎，我認為這是不公不義的事情。」我想，關於醫學學歷認證等問題，應有法令制度加以規範，固然有其弊端，但這是我們無能為力的事情，因此我只能相勸：「每個人有自己的生命劇本，也有自己的起跑點，表面上從不同的路徑轉入相同的跑道，來日仍然會從相同的跑道各自尋找自己的新軌道。」

轉眼之間松坡已六年級，在外科實習，他發現自己這方面的興趣，他寫信問候：「我人不在北醫附近，無法常看見您了，希望您一切安好。尤其是雙手，當年拿著粉筆在黑板上振筆疾書的手，希望能再教育更多英才。還在見習階段的我幫不上老師的忙，只能祈求自己多努力，老天多給機會，讓自己未來能成為醫術更精進的醫師，希望那時候還能為老師的身體或雙手做些什麼！」真摯質樸的句子，流露渴望幫助老師的心念，至今依然不變。我想告訴松坡，各行各業都有亂象，都有不公不義之事。有朝一日，你若擁有權柄，自當力挽狂瀾，撥亂反正；如若不能，更當發揮專業，盡其在我。但願在變化無端的現實洪流中，你永遠保有不變的仁心與善念，那是松坡最巨大的精神財富。

——二〇〇九年九月六日

五十九分

聽說飛雪因緣際會，從她母親的朋友方婷那兒借得我的書《用手走路的人》，讀著讀著，哭成個淚人兒。於是在方婷穿針引線下，由母親和方婷等人陪同，牽成了約期。一切安排都只因為飛雪訴說：「未曾謀面，早結善緣」。

幾位女性朋友，雖萍水相逢，皆因性情中人，閒談之中倒也歡然。在大人們此起彼落的音聲中，飛雪總是低鬟淺笑，隨著攀談，偶爾插入一兩句出人意表的語言。

行至古雅靜謐的文學院，我引領飛雪從長廊拱形的窗戶，穿過窗前綠葉濃蔭的欖仁樹觀賞校園風景，恰巧那扇窗戶較低，飛雪說：「微低的窗戶，給我們彎腰的機會。」坐在樹下胡桃木桌椅，飛雪請我在書上簽名題字，方婷提醒我寫日期，飛雪說：「不寫日期，代表永遠。」來到我上課的教室，正巧無人，飛雪雀躍坐下，我說：「聞聽你熱愛文學，希望明年你能坐在這兒成為我的學生！」此時，其中一位被封為醋罈子的朋友搶了話題：「剛才來的路上，我慎重叮嚀飛雪，喜歡惠綿老師絕不可以比我多一分。」我粲然一笑：「給我五十九分就好了。」空蕩蕩的教室，似有回音，五十九分，五十九分……。

當天晚上飛雪寄來一段文字：「是不是上天只給了老師五十九分的生命，所以老師只索取五十九分的地位？還是這個環境給了老師五十九分的眼光，所以老師不去跨越，因為不願觸碰？……我偷偷地幫老師加了四十一分，因為，老師值得。上天不夠溫柔，只給了老師五十九分的生命，老師卻願意用她的生命，引領眾多如我這般的孩子，帶我們原先興許不值五十九分的人生，跨向六十分。」這段題為「五十九分」的文字，盪起我心湖無數的漣漪……。

回想教書十五載，我從不曾給學生五十九分。不想笑談中，竟不假思索只給自己五十九分。然則，二八年華的飛雪，善感細膩的心思究竟承載多少對生命的體悟，竟能洞視我幽微的意識？溫柔慷慨地為我加分，讓我從一向自許不及格的心牢釋放而出，從五十九分跨越一百分，如突破天網的飛鳥，自由翱翔。不過，我還是將所加的分數暗自還給飛雪，因為一百分讓人躊躇滿志，五十九分則可使人虛懷若谷。五十九分，固然永遠少一分，但也永遠多一分空白，可以體悟「心室有餘閒」的揮灑自如。

十二月初的冬陽，竟然溫暖如春。那天，良辰、美景、賞心、樂事四大美事，彷彿為飛雪初訪台大的跫音而預備，也為我與年少知音的相會晤談，鋪陳一個閃亮的日子。

後記：

何大安老師看過此文，如此開示：「《易經》言消息，但卻不是終於『既濟』，而是『未濟』，這就是『五十九分』。」翻閱《易經》，「既濟」、「未既」都是卦名。既濟，離下坎上，濟者，濟渡之名；既者，皆盡之稱。萬事皆濟，故以「既濟」為名。未濟，離上坎下，火炎在上，水浸在下，水未能滅火，是救火之功未成。《易經》終於「未濟」，象徵君子立身處世，運用明察，分析事物之種類，辨別事物之情況，謂之「以慎辨物」。感謝何老師，助我更上層樓。從此，不再惆悵「五十九分」。

——二〇〇九年二月二十五日

尾聲 風雨之旅

‧風雨攪亂北京行

二〇〇七年十月七日是個永遠誌念的日子。這天上午九點三十分，我應該在飛機上，預備前往香港轉機到北京，參加香港大學主辦連續四天的「崑曲與《牡丹亭》國際學術研討會」。兩岸交流之後，學術往來乃家常之事，然而這將是我第一次越過台灣海峽，是一種精神上的「登陸」。怎奈超級強烈颱風科羅莎侵襲，國際機場停航未能成行。狂風暴雨不只橫掃整座寶島，也席捲我的願望與懷想。

原訂國泰航空班機改於下午四點起飛，電視新聞報導機場混亂擁擠的場面，不忍引領陪伴的曾師永義和年過七旬的趙國瑞老師陷入長龍人潮；加上航班更改，無法接駁轉機，香港到北京機位一票難求，更不能冒險滯留香港。洞燭先機的曾師雖考慮延後一天啟程，因巧逢大陸國慶長假台商返鄉的人潮，必須等到十月十日才有機位。我們決定放棄。

我特意選在晚上七點左右應該抵達的時刻，打電話給已在北京的華瑋姊，難掩惆悵：「天公不作美，辜負您的苦心，非常抱歉！」遠端傳來天使般溫柔的聲音：「別難過！下次有機會還會再請妳。可是我到現在仍然相信妳會來。」我積壓一天的起伏情緒終於如排山倒海，哭了起來。不是哭天不從人願，是為人間「知重之情」喜極而泣。我不知道事已至此，華瑋姊何以仍有如此強大的信念？就在前一天下午，我打電話到香港告知她航班停飛時，她也說了相同的話：「惠綿！我相信妳一定能來，大會都做了安排，請妳再努力！」一聲呼喚，一句「請妳再努力」，引惹我淚眼潸然。

回想人生一路行來，許多攸關命運的重大事件，總是堅持不到最後關頭絕不輕言放棄的態度。北京之行發表論文，關鍵時刻成之在天，天意如此，我似乎不必執念了。華瑋姊排除萬難邀我前去，展現超凡的膽識與氣度，對一個主辦會議的祕書長而言，可謂仁至義盡。可是此時此刻，她竟以哽咽的聲情說出「請妳再努力」，儼然當作是她切身何其重大意義的事件。且不提為我所做的種種助力，包括到北京協商會議事宜時，親自勘察各個場所無障礙環境；特別預訂殘疾人專用的客房；請託協辦單位中國藝術研究院戲曲研究所安排專人全程照顧；接機送機等等，卻只籠統地說是「大會安排」。無伐善、無施勞的襟懷，扶殘弱、惜人才的情義，令我為之動容……。

為回應華瑋姊的情義，我向摯友可風求救，儼然像個無賴：「魏大師！妳精通紫微斗數，掐指推算我一定去得成，所以妳一定有辦法。」可風真是交友不慎，捲入戰場，開始動用她的人情關係。她朋友的小姑在國泰航空公司擔任地勤人員，只要她在電腦上check in，機位就沒問題了。癡癡等了兩個小時，得到的回覆是：機場人潮洶湧，必須應付現場排隊的旅客。同時間，又找一位熟識朋友玟嘉在知名旅行社工作，看在可風情面，又得知我首次到大陸，偏遇強颱，頗為同情。素昧平生，竟然允諾嘗試向主管洽詢從韓國濟州轉機的公關票。巧逢星期日，聰明的主管手機不開。我從早上十點等到下午三、四點，終於落空。

午後，突然接到女弟陳姿因遠從東京打來國際電話，敘述她與台大電機研究所趙上鋒線上討論「音韻字典」網路設計，從他那兒知道我航班受阻，沒上飛機，興高采烈出個主意：「老師！我上網查看，台北↓東京↓北京還有機位，換個路徑轉機，好不好？」我苦笑，不當一回事兒。從早上開始，我已經歷經幾度希望與落空，對所有提議都覺得意興闌珊了。趙老師一旁敲邊鼓：「不妨試試看！」我只好打電話給玟嘉，提議八日中午從東京轉機，還趕得上第二天的論文發表，一定要三張機票。兩小時後回覆：「確實有機位到東京轉機，可是電腦全部封鎖，無法訂購。」玟嘉聽我大失所望，以其服務旅行社資深的經驗，忍不住勸了幾句：「如果事情出現這麼多『眉角』，我們都會建議取消行程或延後幾天。」她特意穿插台語講出「眉角」（曲折）二字，幽微之意盡在其中，我倒也會心。周折之中結識這位懇切善心的朋友，是我福氣，功勞簿上再將魏大師記上一筆。雖然已經無法亡羊補牢，我仍不死心：「如果你代辦機票，颱風因素而在三天前請妳另作安排，可行嗎？」「當然，尤其知道是要參加學術會議，不能延期，一定全力安排。」玟嘉的回答，讓我有相識恨晚之慨。就在氣象預報三天前，便央求代辦機票的旅行社及早變更行程，被潑了大盆冰水：「這怎麼可能？想都別想。延後一天？等到雙十節才有機位，要嗎？」如此傲慢的服務態度並不訝異，打從開始接觸，我就與這位T小姐八字不合，恨自己沒膽識，早該將她撤換，注定去不成，是我活該。

‧風雨之夜聲聲急

我開始懷疑「天無絕人之路」的格言。晚飯囫圇吃了一些，食而不知其味。努力到這步田地，總算可以交代，我打電話給姿因：「妳的好主意也試過了，雖然不成，還是要謝謝妳。」遠端傳來激動的聲音：「我不甘心，我不甘心，老師！再給我一小時。」重複的句子，字字敲入我的心坎，遠在東京的學生竟為我的事情「不甘心」，不禁溼了眼眶：「傻孩子，妳專心去讀書寫論文。經過一天折騰，我好累，想去睡了。」「可是我還沒被折磨呀！請給我英文名字和護照號碼，拜託拜託啦！」她語調轉為撒嬌，我依然鐵心婉拒。

我刻意鎖電話、關手機，拆開小包行李，以示斷念。歷經一天折騰，實在疲憊不堪，就寢時刻，未到八點。對我而言，形殘已是人生莫大遺憾，還有什麼放不下？華瑋姊一句「仍然相信妳會來」，讓我不禁癡想：「若是生在帝王之家，該有多好？」淚痕未乾之際，帶著華瑋姊的信念安然入睡。

我不曾夢到「父王」出現，也聽不到風雨打窗的聲音，更聽不到門鈴音樂聲響，反而驚醒關著房門的趙老師。按鈴者竟是趙上鋒，不疾不徐說明來意：「姿因找到機票，請老師趕緊打電話。」趙老師喚醒睡夢中的我，不知今夕何夕；恍惚中，只聽得窗外依舊風聲烈烈，雨聲淒淒。十點才過一會兒，起身開電腦，信箱閃出三封新郵件，連續兩封是姿因，主旨是「老師！特急！」「老師！拜託你一定要看信呀！」另一封主旨「請盡快連絡姿因」，署名「心急如焚的上鋒和姿因」。都說是「皇帝不急，急死太監」，我在這廂安然入睡，而兩位學生卻各在天的一方，不約而同以特大字體傳送訊息。我凝視電腦螢幕的「急」字，回想電影拍攝古代驛使快馬加鞭、凌厲草原，猶如風馳電逝的鏡頭；剎那間，那「急」字彷彿騰空飛躍，轉而逐漸模糊，終於被我的淚水淹沒……。

我平靜心情整頓思緒，暴風圈尚未完全離開台灣，我必須先確定風雨之夜的上鋒已經安然返家。趙老師描述他戴安全帽，可是上鋒一向不騎摩托車。電話探問平安時，我再三致謝，沉穩溫文的聲調一如其人：「我向室友借摩托車，宿舍距離老師家不遠，慢慢騎，很快就到了。」不誇飾不炫耀，無非是要釋放我歉疚的心。唐人小說中的柳毅與曠野女子相遇，道其備受暴虐，請求代為傳書與龍王，柳毅展現慷慨誠勇的俠義精神，深入洞庭水中異域，完成龍女重託。我如見唐代傳奇「柳毅傳書」的豪傑俠士，重現人間。

回想人生劇本的鋪排，針線竟然如此細密。氣象預報強颱即將來襲，我雖然不確定是否成行，仍須在出國前一一打點，我主動約上鋒前來領取音韻字典網路設計的工作費，順口提起颱風可能影響行程之憂心。上鋒與我道再見時，還說了一句「順利成行」的祝福語。人之有情無情、有心無心全在細節彰顯，上鋒將這份關切悄悄植入心底。正因為他主動告知姿因桃園機場停飛的訊息，我的北京之行方能峰迴路轉，合該注定他義不容辭成為傳信使者。

俠骨柔腸的姿因，獨自沙盤推演，竟然找到三個機位。我細讀郵件，得知行程如下：十月八日大韓航空中午一點二十五分台北起飛，四點五十分抵達首爾，再接駁韓亞航空六點十分首爾起飛，晚上九點零五分抵達北京，轉機時間七十分鐘。我不禁驚呼，老天！數日來困坐愁城，固守從香港轉機的行程，不想，姿因先思考從東京轉機，再思考從首爾轉機，猶如白馬將軍在普救寺千軍萬馬圍困中殺出重圍，殺出一條寬廣的活路。或許是因為自己不太能承受這般情深義重，回電姿因時，竟然沒能回應她一番苦心：「你這個傻孩子……，我將行李拆封了，折騰一天，現在覺得不太想去了。」此時此刻，日本時間已經進入子夜時分，她也應該疲倦了，聽到我這樣的回應，她原本可以理直氣壯頂回：「知不知道找到機票卻找不到人衝到老師家的時候，氣得我抱頭捽通訊錄。忙了大半天，好不容易找到機票竟然說不想去了？我以後再也不管了。」可是她耐著性子輕柔地說：「明天早上八點聯絡台北旅行社訂票、開票的事情都交給我處理，然後聯繫北京京倫飯店的人接機，這樣好不好？」我沉默，此時螢幕右下方跳出一句話：「要不然我幹麼跑這趟？就是希望老師去呀！」顯然是上鋒回家後寫的話，她巧借上鋒的「風雨故人情」打動我心。接著像天外飛來一筆，問我是否看過北京國家大劇院彩色照片，隨即在螢幕上顯現出橢圓玻璃建築散發氣象華麗、金碧絢爛的照片，以哄騙小孩的口吻：「是不是好漂亮？不去真的很可惜耶！」我並未告知姿因行程細節，萬萬沒想到，她連我在北京要住的飯店和會議開幕的地點完全掌握，我的眼角終於被逼出淚水，無法言語……。

戲劇性轉折，如在夢寐，子夜時分再致電北京：「華瑋姊，請問預訂的房間還保留嗎？」她毫不遲疑回答：「當然保留，飯店經理剛才問我要不要退房？我說不退，台灣的學者還在努力。」善感敏銳的華瑋姊立刻提高聲調反問：「妳可以來了，是不是？」她聽到姿因找到三張機票，非常激動：「我都哭了，實在太高興了，這是大家的念力！」此時，我完全聽不到簷前淅淅瀝瀝的雨聲，只聽得華瑋姊驚嘆的「念力」，在夜深人靜的書齋迴響……。

•念力牽引成契機

回想華瑋姊使用念力，應該從她踏進我家門之前就已開始醞釀。八月上旬突然接到華瑋姊來電，她在香港講學，回台度假幾天，想來看看我。一進門很快告訴我籌辦會議的始末，原來是大陸為慶祝北京國家戲劇院開幕，白先勇先生製作的青春版《牡丹亭》雀屏中選作為崑曲開幕戲，因此配合舉辦會議。她受託擔任大會祕書長，已發出邀請函，邀請台灣三位學者。我當時只是感同會議工作的繁重忙碌，並未聽出弦外之音。

中午準備一點清淡小菜在家中招待。一番閒談，不覺已過午時。我收拾餐盤進入廚房時，她突然天外飛來一筆：「惠綿！你想去哪兒玩玩？我帶你去。」我心想，她還留在香港繼續講學一年，過幾天就要返回工作崗位，哪來時間帶我去玩？完全不像華瑋姊，她從不會說些言不由衷、虛應故事的語言。我笑笑：「坐著輪椅能到哪兒玩？我能平平安安教書生活就謝天謝地啦！」想必受不了我不為所動，乾脆開門見山：「我帶你去北京開會，你說好不好？」帶我去北京？更像天方夜譚，越發疑惑這是怎麼回事呀！我不忍掃興，只好一本正經回應：「我相信您在籌備會議時已經想到我，沒邀請我一定有主客觀因素的考量，現在這些因素應該依然存在，我還是不要去吧！」開啟話題之後，她開始遊說：「除了開幕典禮和觀賞《牡丹亭》是在北京國家戲劇院，會議及住宿地點都在無障礙的四星級飯店，算是定點活動，應該沒有問題。去吧！」

無端吹皺一池春水，叫我好生為難。此時趙老師進入家門，華瑋姊立刻轉移戰略目標：「趙老師！我想請惠綿到北京開會，您可以陪她嗎？」趙老師掌握狀況後毫不猶疑：「如果惠綿願意去，我當然陪同。」華瑋姊視為拍板定案，綻放歡顏。這就是華瑋姊，她總是笑臉盈盈，許多愁思足以在她嫣然一笑中當下融化消解。

華瑋姊來訪之後，我一直神思不定，晚餐時隨口問趙老師是否去過北京？她說：「沒去過。當年沒答應陪我的恩師去北京，現在恩師已經失智了，非常遺憾……。」趙老師語調黯然，「非常遺憾」一語驚醒夢中人，成為我決定接受邀請的關鍵。

•恩師護送進京城

深夜由姿因那兒確知有機票，翌日清晨六點，打電話向曾師永義報告，老師決定一事不煩二主，再找原代辦旅行社處理機票事宜。我心中一冷：「完了！完了！」為爭取契機，關鍵之際，只好將T小姊對我的服務態度簡報一番。聽說T小姊以來不及訂票開票等諸多理由搪塞，老師威而不怒說了一句：「你姑且死馬當活馬醫吧！」果然按照姿因提供的航線，搭乘大韓航空從首爾轉機北京。十點二十五分傳真信用卡簽帳，五分鐘後坐上事先預約裝有電動升降梯以便輪椅上下的小巴士，直奔桃園機場。我猶疑夢境之中。

安抵北京機場已是萬家燈火的時刻，飛機即將落地時，趙老師貼著座位旁的小窗輕輕招呼：「哈囉！北京！趙婆婆來了！」我問為什麼用這樣的招呼語？她略帶滄桑的語調說道：「出生漢口，少年時代就夢想到北京，沒想到今天終於如願，卻已經白髮蒼蒼了……。」

汽車從高速公路直驅而下，坐在前座的曾師永義以極為輕緩的語調說：「惠綿！這就是進京了！」我明白，老師沒有說出的話是：「徒兒！為師的終於實現願望，帶妳來了！」霎時，無限感念縈繞於心，我悄悄拭去眼角淚水。陪伴同行的趙國瑞老師幽默回應：「想想古代的舉子沒有盤纏可是無法進京赴考的呀！」而今，我縱使有足夠盤纏，沒有兩位恩師千里護送，又豈能如願進京？如果此時姿因在身旁，我該緊緊擁抱她，告訴她：「孩子！你不僅改寫我的人生，也完成了兩位恩師的夢想。這一盤棋，你的布局何其艱難，但你贏得何其無價！」

回想曾師親口許諾的話語，如在昨日。有一次傾聽老師敘說在大陸演講遊歷之樂，即興賦詩之情，突然插入一句：「徒兒！將來我一定要帶你去大陸。」一時之間傻住了，不知如何應答，沒立刻說「好！」，也不敢說「不要！」此後不同時機，老師總會重複地說，而我也自以為聰明想到婉拒之詞：「好啊！等三通，請老師帶我去。」這回輪到老師沉默了。然後，從同門師姊妹口中，屢屢聽到轉述：「曾老師一直想著要帶妳去大陸呢！」我逐漸意識到曾師的願念之深之真，遠遠超過我自己。每當聞聽學術界師長朋友前往大陸蒐集資料、觀賞戲曲、田野調查、參與學術等活動，難免因不能同行而傷感。不知是自我壓抑或是修養工夫，許多年來我的心湖再無波瀾。曾幾何時，當我不再有夢，而我那華髮蕭蕭的學術父親，卻不斷地用語言用信念積累，輾轉成為他的夢……。

當華瑋姊邀請參與會議，我卻裹足不前時，永義師當機立斷：「妳遇到華瑋這樣的好人，多麼幸運！這機會太難得了，會議結束後多留兩天，一切我來安排。」言簡意賅，卻穩定我萬馬奔騰的內心。翻出護照赫然發現首次出國是一九九七年，也是曾師推薦我到韓國出席國際學術會議發表論文。十年歲月，可以滄海桑田，可以情隨事遷；然而年近七旬「氣力漸衰損，轉覺日不如」的永義師，在我歷經手腕開刀不復拄杖行走之後，卻依然不改引領我走出生命斗室的擔當與勇氣，念及此恩此情，淚水不能自已……。

一路上，永義師以英雄豪傑的氣概保護我們。預知我們行李繁重，只背一個公事包和隨身手提小行李箱，以便協助我們。抵達桃園機場，我仍安坐車上，老師一下車就趕緊去拿推車準備放置行李。我從車窗玻璃看到老師微彎的背影，好似當年父親從台南鄉下送我到彰化、台北讀書，拎著沉甸甸行李上下火車月台的背影。一個不畏艱辛送我外地求學，一個不辭千里送我出國宣讀論文；彼時父親猶然體壯力盛，此時永義師已是鬢髮霜白。剎那間，兩個重疊的背影，竟讓我有不能承受之重……。為了讓趙老師全心全意照顧我，永義師總是走在前頭引路，手持三個人的護照親至櫃台辦理訂位手續，親自保管來回機票。我想，這些大小事情原不需要他操心，但為了我，老師鉅細靡遺。我們順利上機時，才知道老師已經主動聯繫北京接機事宜。大而化之的永義師，總在關鍵時刻展現心細如髮的特質。

・山頭斜照卻相迎

華瑋姊運用「念力」解除我多年的心鎖，姿因發揮「耐力」尋得三張機票，兩位恩師展現「愛力」千里護送，三代師生結合「助力」，構築一艘安穩的舟船，載我安然安適抵達彼岸。宣讀會議論文之前，我說了一段開場白：「感謝大會祕書長華瑋教授的盛情邀約，感謝不辭辛勞護送的曾師永義和趙國瑞老師。我非常喜愛湯顯祖《牡丹亭》杜麗娘〈遊園〉的一句唱詞：『步香閨怎便把全身現』，我像杜麗娘一樣，第一次很勇敢地走出香閨，走出生命斗室。」話及此處，不禁哽咽，我繼續說：「在強烈颱風直撲台灣，機場關閉導致航班混亂而機位難求的情況下，我們終於成行，華瑋教授說：『這是大家的念力。』我的學生在東京幫我找到機位時，我仍猶豫不決。說話之間，她同時在電腦上呈現北京國家戲劇院燈光絢麗的彩色照片，什麼都沒說。她知道她的惠綿老師或許可以將許多人生的遺憾放下，但放不下最鍾情的戲曲。於是我決定為熱愛的戲曲，為愛護我的師長，親自帶來這篇論文報告。」

離開北京的早晨，不同於前日深夜的滂沱大雨，而是陽光普照。北京機場因為工程緣故，只保留一條航線，班機全部延誤。眼看分分秒秒流逝，眼看無法趕上轉機回台北的時間。去程一上飛機就安然入睡的永義師，這會兒卻不睡了，拿起一本書從容自若看將起來，遙想當年關公一邊兒刮骨療傷一邊兒讀《春秋》，也不過如此吧！心急如焚的我當時真想問問老師看的是什麼書，何以能使他如此氣定神閒？枯等一個半小時後飛機終於起飛，機身穩定之後，曾師隨即站起，說是要去交涉。在大韓航空，不會韓文，想像老師隻身前去用英文交涉，倒也有趣。幸有老師及時處理，航空公司為我們安排轉搭泰航，老師趁機訓誨一番：「這個時候急也沒用，總要等空服人員忙完餐點後，才能進行交涉，做事就是要有步驟有方法。」我會心一笑，其實老師看書時，我偷偷瞧見他頻頻看錶，還伸出手指頭屈算時間的模樣兒。我想老師一定同樣擔心，萬一沒有班機轉回台北，兩老拖著行李帶著一個弱兵滯留首爾，那可麻煩呢！

從小我真是個麻煩的孩子，長大了，依然處處麻煩。可是，我的雙親不嫌麻煩，陪伴呵護三十五年如師如母的趙老師不嫌麻煩，如父如兄的曾師永義帶引我到國外發表學術論文，也不嫌麻煩，他們加乘總和幫我做的生命功課超多於我。我的雙手雖可以鼓掌，但不夠響亮，我在心中呼喊：請借我掌聲……。

北京歸來，我向家人報平安，與二哥二嫂話及華瑋姊的「念力」之說，他們不約而同調侃：「老妹！妳到底是單純還是愚蠢？本來妳就是人家口袋裡的名單。」我使勁兒搖頭：「不是！不是！只是無意中聊起來的。」我寫信向華瑋姊印證，她回覆：「當初去看你時，就決心邀請你與會，這是實情，你算入了我的圈套了。當時對話，妳居然無動於衷，絲毫不察，我真是非常難過。」與其說我是單純或愚蠢，不如說是一片冰心自我封鎖吧！我並無諸葛之才，華瑋姊有意邀約，可以寫電子郵件或直接寄邀請函，打電話更足以表達誠摯之意，但是她用心良苦，暑天奔波親顧茅廬，可見念力與願力何其深厚！

原來心理學家詮釋念力的理論並非紙上談兵，我在華瑋姊身上看到念力的具體實踐。我很喜歡曹操〈觀滄海〉的詩句：「日月之行，若出其中；星漢燦爛，若出其裏。」詩人登臨河北碣石山頂，俯觀滄海，想像日月升起降落，似乎未曾離開大海懷抱；銀河橫貫長空，一端垂向大海，如同發源於海底。日、月、銀河之運行彷彿都在大海的吞吐包容之中。我想，華瑋姊的念力所以能一以貫之，乃繫於她擁有遼闊大海吞吐日月的懷抱吧！

還有遠在東京的姿因，我也該再次致謝。電話中，她聲調昂揚：「老師上飛機那一天，我和上鋒一直守著電腦螢幕中桃園飛機場起降的資訊板，看到13：25大韓航空KE692已飛，兩個傻瓜同時高呼萬歲萬歲，您有沒有聽到？……」一段俏皮話，又引惹我眼淚盈眶，我請她將當天晚上找機票的過程寫給我，她一本正經地說：「子曰：無伐善，無施勞！」我說：「老子曰：上善若水，水善利萬物而不爭。」權且借老子的重言，准你「伐善」！

我以為三五百字即可陳述始末，想不到兩三週後，姿因寄來長長一篇，題為〈北京二十四小時〉，她說：「這一生，是惠綿老師教我第一次寫論文，也是惠綿老師激發我第一次寫小說。」我倚窗而坐，一口氣讀完萬餘字的作品，任憑淚水浸濕文稿。我一直以為台北風雨之夜，她只用一小時，豈知她為我北京之行竟然費神耗時長達二十四小時。當她得知我取到機票即將出發時，整個人軟癱了下來，打算進入浴室沖澡清醒：

誰知才扭開水栓，一陣暈眩，眼淚像軋上了蓮蓬頭宣洩出的強大水柱，忍不住地放聲大哭：「老師！我到最後都沒有放棄！老師，我到最後一刻都沒有放棄……。」

讀其文字想其情景，握著文稿，我淚如湧泉……。遠望窗外湛藍星空，遙想唐傳奇中的虬髯客逐鹿中原苦心孤詣，尚且是為成就自己帝王事業；然而這是學生為老師進行一場極盡意志苦力的棋局，「不甘心」的信念貫徹始終，展現「人定勝天」，印證學生成為師者「心靈後裔」的真諦。

我乘風雨而去，踏陽光歸來。十月金秋的北京，已有微冷的感覺；回到台北，溫暖如夏。遙想山嶺雲層之上，有斜照相迎的陽光，不禁輕輕吟唱「回首向來蕭瑟處，歸去，也無風雨也無晴。」

九歌文庫 1058

愛如一炬之火

著者　李惠綿
責任編輯　鍾欣純
發行人　蔡文甫
出版發行　九歌出版社有限公司
臺北市105八德路3段12巷57弄40號
電話/02-25776564・傳真/02-25789205
郵政劃撥/0112295-1
九歌文學網　www.chiuko.com.tw
印刷　晨捷印製股份有限公司
法律顧問　龍躍天律師・蕭雄淋律師・董安丹律師
初版　2010年4月10日
初版5印　2017年9月
定價　260元

書號　F1058
ISBN　978-957-444-668-1
（缺頁、破損或裝訂錯誤，請寄回本公司更換）

國家圖書館出版品預行編目資料

愛如一炬之火／李惠綿著 -- 初版 -- 臺北市：九歌, 民99.04
面；　公分. -- (九歌文庫; 1058)

ISBN 978-957-444-668-1(平裝)

855　　　　　　　　　　　　　99001661